1985년의
하와이

이용준 소설집 1

1985년의 하와이

이용준 소설집 1

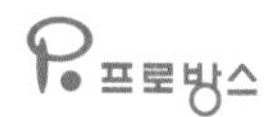

프롤로그

개인적으로 출퇴근 시 또는 약속 시각을 기다리거나, 잠시 시간의 여유가 있을 때 짬 내서 읽을 만한 소설이 있었으면 좋겠다는 생각을 했다. 그런 목적을 위한 소설이라면 톨스토이나 도프토옙스키의 장편들처럼 앉아서 작정하고 읽어야 하는 소설들이나, 프란츠 카프카의 작품처럼 몰입해서 읽어야 하는 소설이면 곤란할 것이다. 짧은 만큼 흥미로운 소재와 적당한 호흡으로 구성되어 쓱 읽고 치워버릴 수 있는 그런 소설이어야 한다. 더불어 삽화가 들어가 직관적인 상상력을 더할 수 있는 소설이라면 금상첨화일 것이다.

소설집 '1985년의 하와이'는 이런 취지로 기획된 소설이다. 월요일 아침 집에서 커피 한잔 마시며 읽을 수 있는 소설, 한가한 일요일 오후 컵라면을 끓이며 읽을 수 있는 소설, '미안한데, 한 10분 정도 늦겠어.'라는 전화를 받고 바로 꺼내 읽을 수 있는 그런 소설 말이다.

한편으로 이 책은 내가 중편이나 장편에 쓰려던 소설의 스케치를 엮은 소설집이다. 평소에 이리저리 끄적이던 스케치를 다듬어 단편으로 재구성했다. 덕분에 다양한 시도와 독특한 소재의 이야기들이 가득 차 있는 소설집이 되어 버렸다.

이런 목적으로 쓴 소설이다 보니 처음부터 삶에 관한 메시지나 거창한 인생의 통찰을 담으려 하지 않았다. 그저 독자들께서 재미있게 읽고 나서 훌훌 털어버리고, 다시 일상으로 돌아가면 그것으로 이 책의 본분은 다한 것으로 생각한다. 이 소설책과 함께 아무쪼록 즐거운 시간 보내시길.

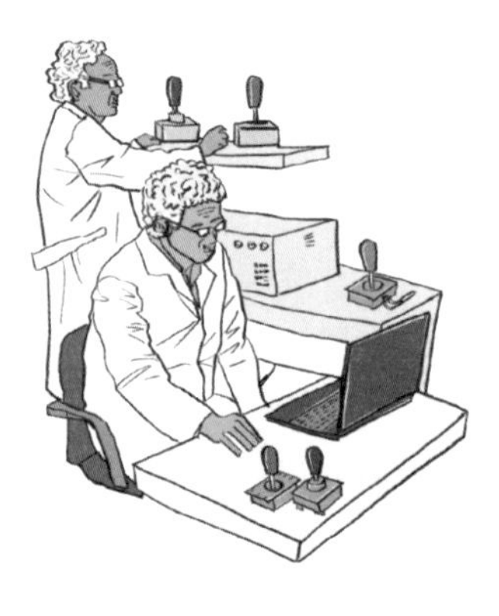

차례

침방울

침방울로 세계를 제패한 남자. 생존하는 유일한 침방울의 구루, 데이비드 버블의 첫 내한 강연 일정이 확정됐다. 한국 학계와 관계자의 노력으로 내한 강연이 성사된 것이다. 모든 일간지의 첫 페이지는 데이비드의 사진으로 장식되었고, TV 방송국은 앞다투어 그의 일대기에 대한 특집 방송 내보냈으며, 출판 업계는 그의 자서전과 저서를 찍어내느라 분주했다.

강연 당일, 올림픽 체조 경기장의 1만 5천 석은 가득 찼고 사람들은 데이비드의 등장을 기다리며 연신 "데이비드! 데이비드!"를 외쳐댔다. 곧 화려한 조명과 함께 데이비드가 등장했다.

"굿-나잇, 코리아!"

데이비드가 말했다.

"굿-나잇, 데이비드!"

관중들이 큰소리로 회답했다.

데이비드는 관중을 둘러보며 말했다.

"저는 단지 수줍게 침방울을 날리던 13세 철부지에 불과했습니다. 하지만 저는 꾸준히 침방울을 날렸고, 20권짜리 전집 '침방울 개론'을 집필했죠. 그리고 틈틈이 강연과 캠페

인을 통해 침방울에 대해 알렸습니다. 그리고 정신을 차려 보니 노벨평화상을 받게 됐어요. 침방울이 세계 평화에 기여했다는 공로로 말이에요. 이게 다 작은 골방에서 홀로 침방울을 날리며 시작한 것입니다. 여러분들도 할 수 있어요!"

'와-! 와-!'

관중들은 소리를 질렀다.

데이비드는 바로 강연을 시작했다.

"저는 지금부터 실생활에서 적용해 볼 수 있는 가장 기본적이고 실제적인 침방울 만들기에 대해 강의를 해볼까 합니다."

"먼저, 혀를 아래 어금니 쪽으로 갖다 댑니다. 혀 밑에 공기를 채우기 위함이죠. 무엇을 하든지 처음 프로세스가 중요합니다. 공기를 제대로 모아야 나중에 제대로 된 침방울을 만들 수가 있어요. 우리의 인생도 마찬가지예요. 인생의 초기, 젊은 청년의 시기에 삶의 공기를 잘 모아야 훗날 아름다운 거품의 결실을 보게 되는 거예요. 자 그럼, 여기까지 모두 한번 따라 해볼까요?"

데이비드는 혀를 아랫니에 붙이고 공기를 모았다. 관중들도 일제히 입을 벌려 데이비드를 따라 했다.

"그럼 다음 단계입니다. 침이 살짝 고여 혀 밑에 붙어 있다 싶을 때 혀를 목구멍 쪽으로 살짝 당겨 줍니다. 이 단계를 제대로 한다면 반은 성공입니다. 혀 밑에 공기 방울이 생겨있는 것이 보일 거예요. 저는 이것을 유쓰 버블(Youth Bubble)이라고 부르죠. 침방울의 형태가 생겼으나 아주 초기 단계의 불안전한 침방울입니다. 불완전하고 거친 유년기와 같다고 하여 붙여진 이름이죠."

데이비드는 이어서 말했다.

"그럼 단계는 유쓰 버블을 퍼펙트 버블(Perfect Bubble)로 만드는 단계입니다. 마치 백사장의 모래를 조심스럽게 퍼 나르듯 혀로 유쓰 버블을 천천히 들어 올립니다. 먼저 혀 밑부터 아래 어금니까지 올리고, 다시 혀 위까지 올리는 거죠. 이 과정은 유리그릇 다루듯 조심스럽고 매우 신중하게 해야 합니다. 그렇지 않으면 침방울이 터지고 말지요."

데이비드는 잠시 관중들을 살펴봤다. 일제히 서로를 쳐다보며 거칠게 혀를 움직이고 있었다.

"자, 모두 잘 따라오고 있지요?"

"그럼 이제 마지막, 꽃을 피울 단계입니다. 저는 이것을 침방울의 꽃, 버블 플라워(Bubble Flower)라고 부릅니다. 화창한 봄날, 꽃이 개화하듯 아름다운 침방울을 피어나게 하는 거죠. 자 이제 혀 위에 올려진 퍼펙트 버블이 터지지 않게 조심스럽게 혀로 방울을 감싸주세요. 눈을 감고 혀로 방울을 느껴보세요. 마치 사랑스러운 새끼 고양이를 쓰다듬는 것 같은 평온한 느낌이 들 겁니다. 이때 호호, 마치 엄마가 아이의 뜨거운 이유식을 불어주듯 살며시 불어줍니다."

데이비드의 입에서 침방울이 날아오르자, 카메라는 그의 침방울을 무대 스크린에 가득히 담아냈다.

"자, 어때요. 아름답지 않나요? 여러분과 제가 만든 침방울이 스타디움 허공을 날아다니고 있어요."

"와와!!"

관중들은 손을 흔들며 환호성을 쳤다. 관중들이 만든 침방울은 무대를 가득 채웠다. 침방울은 무대 조명에 반사되어 마치 아침 햇살에 빛나는 물결처럼 반짝였고, 정처 없이 떠도는 이방인처럼 사방을 날아다니고 있었다.

"하지만 이렇게 여러분이 시간을 들여 정성스럽게 만든 침방울의 수명은 고작 5초 내외입니다. 금방 터져 버리고 말죠. 이것이 우리의 인생입니다. 오랜 수고와 노력으로 아름다움을 피워내지만, 곧 사라지고 수중엔 아무것도 남지 않는 겁니다. 하지만 그래도 우리는 앞으로 나아가 삶을 살아 내야 합니다. 입안에 올려졌던 아름다운 침방울을 혀끝으로 기억하면서 말이죠."

관중들은 순간 조용해 졌다. 화려했던 조명이 사라지고 무대의 안개가 걷히며 작은 핀 조명 하나만이 데이비드의 얼굴을 비추고 있었다. 데이비드는 마지막 말을 이어갔다.

"인생은 말이죠… 침방울과 같답니다."

소설가의 꿈

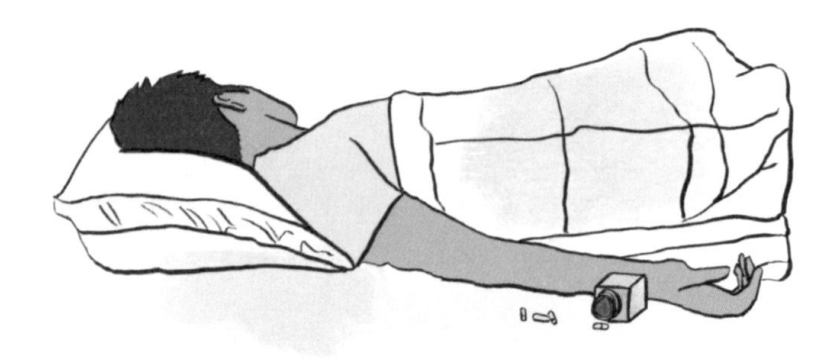

주의

한 번에 3알 이상 섭취 시 구토
또는 어지럼증을 유발하거나,
사망에 이를 수 있습니다.

퓰리처상과 부커상 수상, 인세 수입 25억 달러, 제2의 톨스토이라고 불리는 남자, 이자까와 이자카. 그도 처음부터 잘 나가는 스타 작가는 아니었다. 1998년까지만 해도 말이다. 그의 작품은 '대학생 졸업 과제 수준의 소설', '올해 최악의 소설 1위', '문학의 퇴보' 등 비평가의 혹평 세례를 받으며 독자들의 외면을 받았다.

'이자카님, 더는 우리 출판사에서 출간은 어렵겠습니다.'

이제 그의 작품에 손들어줄 어느 출판사도 나타나지 않았다.

'무엇이 문제일까? 엉성한 플롯? 진부한 표현? 매력적이지 않은 캐릭터?' 이자카는 심각하게 고민해 보았으나 원인을 알 수 없었다. 그저 언론이 씌어놓은 프레임에 따라 독자들이 자신의 작품을 저평가하고 있다고 생각할 뿐이었다. 그는 자신의 작품을 알아주지 않는 세상을 원망하며 대낮부터 술을 진탕 퍼마셨다. 그리고 이내 잠이 들고 말았다.

꿈속에서 그는 지평선 어디에선가 나타난 스칼릿 잉꼬 한 마리를 보았다. 코스타리카에서나 볼법한 화려하고 아름다운 잉꼬였다. 잉꼬는 이자카의 어깨 위에 살며시 앉더니 이내 긴 꼬리를 흔들며 다시 지평선으로 사라졌다. 그리고 그는 잠에서 깨어났다.

'무엇인가 변했다'

그는 생각했다. 하지만, 그것이 무엇인지는 알 수 없었다. 세상은 그대로였다. 초가을 저녁 8시의 어두운 하늘이었고, TV의 시사 프로그램 패널들은 국제 유가 상승에 대해 떠들어 댔으며, 자신의 작품은 여전히 조롱받고 있었다. 하지만, 한 가지 변한 것이 있었으니, 그가 이날을 기점으로 매일 밤 아주 생생한 꿈을 꾸기 시작했다는 것이다. 꿈의 주제는 다양했다. 학창 시절의 첫사랑부터 전쟁과 종말에 이르기까지 폭넓은 꿈을 꾸게 된 것이다. 그는 꿈속에서 보았던 것들을 이야기로 엮어 소설을 썼다. 담당 편집자였던 B 씨는 그의 소설을 보더니 '아니, 이런 작품을 왜 이제 가져왔어요? 이건 정말 대박인데요? 이런 스토리는 이제껏 본적이 없습니다.'라고 말을 했고, 실제로 대박이 났다. 판매 부수가 기하급수적으로 늘더니 1달 사이에 80쇄를 찍어버렸다. 판권은 35개국으로 팔렸으며, 소설의 영화 제작이 확정되었다.

그는 본격적으로 소설을 다시 쓰기 시작했다. 소설을 쓰는 것은 어렵지 않았다. 폴 매카트니가 꿈속에서 들은 멜로디를 그대로 사용해 'Yesterday'를 완성했듯이 멘델레예프가 꿈속에서 본 내용을 토대로 원소 주기율표를 만들었듯이 자신이 꿈에서 본 이야기를 그대로 원고지에 옮겨 적으면 그만이었다. 꿈에서 본 것을 더욱 자세하고 상세히 묘사할수록 그의 작품은 높은 평가를 받게 되었다. 언론들은 그의 기발하고 참신한 이야기 세계를 극찬했고, 세계 문학 협회는 그에게 다양한 문학상을 수여했다. 인기에 힘입어 신작뿐 아니라, 그의 초기 작품들까지 덩달아 재평가를 받게 되었다.

그러던 어느 날 담당 편집자 B 씨가 찾아왔다.

"이자카씨. 존 스타인 백, 어니스트 헤밍웨이, 앙드레 지드의 공통점을 아십니까?"

B 씨는 잠시 뜸을 들이더니 이내 이렇게 말했다.

"그들의 공통점은 백과사전만 한 장편 소설을 썼다는 것입니다. 아주 두꺼운 소설 말이죠. 스웨덴 학림원은 두꺼운 소설을 사랑해요. 노벨문학상을 타려면, 영국왕립학회의 회원이 되거나 아니면 두꺼워야 합니다. 안타깝게도 이자카씨의 작품들은 두께가 좀 얇죠. 노벨문학상을 타려면 내용이 훨씬 길어야 합니다."

이자카는 고민에 빠졌다. 이미 하루에 14시간을 잠으로 보내고 있었다. 8시간 정도 잠을 자면 200자 원고지 약 20매 분량의 원고를 쓸 수 있었다. 소설의 길이를 늘이기 위해서는 어떻게 서든 잠을 좀 더 늘려야 했다. 이자카는 수면시간을 늘리기 위해 수면 병원을 찾았다.

"안녕하십니까, 이자카씨. 최근 출간한 소설 잘 읽고 있습니다. 저도 아자카씨 팬입니다." 의사는 이자카를 반기며 천천히 진찰하기 시작했다.

"지금보다 더 많은 수면을 원하신다고요? 허허 우리 병원에 잘 오셨습니다. 이미 막 임상시험이 끝난 특효약이 있지요. 이 약을 먹으면 최대 한 달간 잠을 자는 것이 가능합니다. 잠은 보다 길게 자게하고, 창의력을 증진하는 약이죠. 최근에도 한 뮤지션이 악상이 떠오르지 않는다며 이 약을 처방받은 후 히트곡을 연달아 내놓았어요."

이자카는 바로 이 약을 먹고 깊은 잠에 빠졌다. 약의 효력은 대단했다. 한 달간 잠을 자면 7일 동안은 잠 안 자고 집필이 가능했다. 꿈속의 이야기는 더욱 선명히 기억났다. 약을 먹을수록 이자카는 더욱 많은 알약에 의존하게 되었다. 퇴고를 앞둔 어느 날, 이자카는 두 번 다시 눈뜰 수 없었다. 영원한 꿈속에 갇히고 만 것이다. 손에는 약병이 꼭 쥐어있었다.

약병에는 이런 문고가 적혀있었다.

"주의 : 한 번에 3알 이상 섭취 시 구토 또는 어지럼증을 유발하거나, 사망에 이를 수 있습니다."

리모컨 그녀

그녀를 카페에서 처음 만난 날 그녀가 테이블에 올려놓은 것은 다름 아닌 TV 리모컨이었다. 당당하게 숄더백에서 꺼내는 것으로 미루어 봤을 때 집에서 TV를 보다가 실수로 가지고 나온 것은 아닌 것 같았다. 그녀는 창밖을 잠시 훑어 보더니 이내 리모컨을 양손으로 잡고 내 이마를 향해 리모컨을 발사했다. 정확히 말해서 나를 향해 1번과 3번을 연속해서 누르고 있었다. 그녀는 상당히 진지한 표정으로 리모컨을 정확히 조작하고 있었기에 나는 한동안 바라보다가 입을 열었다.

"뭐하는 거죠?" 내가 말했다.

"13번을 누르고 있었어요. 13번."

"13번?"

"네, 13번이요. 교육 방송이 나오는 채널. 당신을 처음 본 순간 이 사람은 13번이라고 생각했어요. 단정하고 곧게 생긴 게 뭔가 교육적인 느낌이 들었어요. 자, 이제 제가 13번을 누르면 뭔가 교육적인 걸 말해 보세요."

나는 속으로 '뭐지, 이 여자는….' 하면서도 입 밖으로는 가젤에 관해 설명하고 있었다. 내가 왜 가젤에 관해 이야기했는지는 모른다. 그저 몸이 반응하는 데로 입을 열었더니 사바나 초원의 가젤에 대해 말하고 있었다.

"사람들은 가젤하고 임팔라를 혼동하곤 하지. 비슷하게 생겼지만, 가젤은 옆구리에 검은 줄무늬가 있고 암펠라는 없어. 엄연히 같은 종도 아니고."

왠지 모르겠지만, 말을 이어가기 위해 가젤의 대륙별 서식지와 고기와 가죽의 활용도에 관해서도 말했다. 그녀는 한참 동안 귀를 기울이더니 이내, 9번을 눌렀다. 내 눈을 쳐다보더니, 내 이마를 향해 정확히 세 번 눌렀다.

"이제 뉴스가 듣고 싶어요."

그녀가 말했다.

나는 속으로 '뉴스라니, 이 여자가 도대체 무슨 생각인 거지?' 하면서도 입 밖으로는 이렇게 말을 하고 있었다.

"최근에 사우디아라비아가 석유 생산량을 늘리고 공급가격을 낮췄어. 그런데 이 영향으로 미국 텍사스 원유 가격이 35%나 급락했지. 그동안 생산량을 조절해 원유 시장을 통제해 온 석유수출국기구도 꼼짝없이 당한 거야."

한참 이야기를 듣고 있던 그녀는 가만히 자리에서 일어났다. 그리고 나를 향해 전원 버튼을 눌렀다.

"이제 끝! 이야기 잘 들었어요. 역시 당신은 상당히 교육

적이고 뉴스적인 사람이에요. 상당히 훌륭했지만, 저랑은 잘 안 맞는다는 말이죠. 안녕!"

그녀는 뒤돌아보지 않고 카페 문밖을 나갔다.

나는 창밖으로 한참 동안 사라지는 그녀를 쳐다봤다. 테이블에는 아직 커피의 온기와 그녀가 남기고 간 리모컨이 남아 있었다.

치킨

"성공의 비결이요? 저는 이렇게 말하고 싶습니다. 지금 당장 치킨을 튀겨라. 기승전-치킨집이라는 말이 있죠? 명문대를 나왔거나, 좋은 회사에 다녔거나 어찌 됐든 그 끝은 치킨집이라는 말입니다. 누구나 하는 치킨집 결국 빨리 시작하는 사람이 성공하게 됩니다. 제가 이 자리에 서서 당신과 이야기할 수 있는 이유는 남들보다 먼저 이 업계에 발을 디뎠기 때문입니다. 결심했으면 바로 행동으로 옮겨야 합니다. 은퇴할 때까지 기다리면 너무 늦어요."

"저는 18살에 이 업계에 문을 두드렸습니다. 초등학교 때 프라이드 치킨을 맛보고 이건 운명이라고 느꼈죠. 맛도 맛이었지만 치킨 그 자체가 가지고 있는 고유의 감성이랄까, 느낌이랄까, 그런 종합적인 그것들이 한대 어우러져 큰 매력으로 다가왔어요."

"저는 18세에 호주 멜버른 인근의 닭고기 공장에 취업했습니다. 거기서 닭의 기본에 대해 배웠죠. 좋은 고기를 선별하는 법, 도축하는 법, 해체 및 가공하는 법, 유통하는 법까지 닭에 대한 모든 것을 배웠죠. 5년간 닭고기 공장에서 일하고 나니, 어느 날 컨베이어벨트에 걸린 닭이 제가 말을 건네는 거 같았어요. 즉 닭하고 소통할 수 있는 경지까지 올라간 것이지요. 닭에 대해 모든 것을 통달했다고 해야 할까? 저는 그날부로 닭고기 공장을 나왔습니다. 요리를 배우기 위해서지요. 닭에 대한 이해도는 높았으나, 그때까지만 해도 요리는 배워본 적이 없었습니다."

"저는 바로 미국 켄터키주로 날아갔습니다. 치킨 요리의 본고장인 미국, 그중에서도 프라이드 치킨의 성지라고 할 수 있는 켄터키 루이빌에서 제대로 된 프라이드 요리를 배우기 위해서지요. 저는 운 좋게 KFC 본사 직영점에서 일할 수 있었습니다. KFC 치킨 대학에서 치킨을 공부하며, 정통 후라이드 치킨의 레시피를 습득했죠. 밀가루와 바질, 오레가노, 셀러리 소금, 파프리카 향신료 등의 최적 배합을 통해 완벽한 튀김옷을 만드는 연습을 했어요. 한 3년이 지났을까? 어느 날 치킨을 튀기는데 튀김옷에서 아주 완벽한 물결 문양이 드러났죠. 이제까지 본 적이 없는 모양이었어요. 마치 하와이 파파콜레아 해변에서 파도 한 조각을 들고 와서 갓 튀겨낸 듯한 그런 완벽한 프라이드였죠."

"저는 그 길로 뉴욕 버펄로로 떠났습니다. 버팔로 윙을 만들기 위해서였죠. 버팔로 윙은 프라이드 치킨과는 상극에 있는 치킨입니다. 프라이드 치킨은 목적은 고기 그 본연의 맛을 튀김 옷 위로 살려내는 데 있다면, 버팔로 윙의 핵심은 고기가 아닌 양념에 있습니다. 전 세계가 좋아할 만한 새콤달콤한 닭 날개를 만들기 위해 뉴욕에서 또 다른 3년을 보냈죠. 3년쯤 버팔로 윙을 만들고 나니 제가 먹어봐도 맛있는 양념을 만들 수 있었죠. 뭐, 자랑은 아니지만 저는 이 양념 덕분에 가게 종업원에게 프러포즈를 받은 적도 있습니다. 하지만 저는 이렇게 말하며 거절했죠. 'I am married with chicken(나는 치킨과 결혼 했소).' 그리고 본격적으로 전 세계를 떠돌며 치킨을 배우기 시작했습니다."

"인도 펀자브에서 2년간 탄두리 치킨을 배웠고, 일본 간사이 지방에서 2년간 가라아게를 배웠죠. 프랑스에는 5년 정도 있었는데 코코뱅을 만들기 위해서였습니다. 코코뱅에 들어가는 최적의 적포도주를 직접 담그기 위해 남부 비엔 지방에서 꽤 오랜 시간을 보내야 했습니다."

"그리고 마침내 한국에 돌아왔습니다. 서울에 작은 가게를 차렸죠. 서울 시내에서 맛으로 경쟁해서 이길 수 있는 가게가 없었어요. 그만큼 맛에 있어서는 독보적이었고 자신이 있었죠. 하지만 1년 안에 가게 문을 닫았습니다. 닭은 튀길 줄 알아도, 가게 운영은 할 줄 몰랐던 거예요. 저는 바로 경영학을 공부하기로 결심했습니다. 결심했으면 바로 실행에 옮겨야 해요. 이것이 성공의 비결이니까요. 저는 경영학의 본고장인 미국으로 다시 건너갔습니다. 2년간 독하게 공부해서 콜롬비아 경영대 합격했죠. 그리고 내친김에 와튼 스쿨에서 MBA까지 취득했습니다….”

“그리고 나니 이제 최고의 경쟁력을 갖추게 되었습니다. 불과 55세의 나이에 말이죠. 남들이 치킨집을 준비하려는 나이에 저는 이미 모든 준비를 끝마친 거예요. 성공하고 싶다고요? 지금 바로 시작하세요.”

타임머신

눈이 내린 뒤 전국적인 한파가 불어 닥쳐 거리에는 사람이 없었다. 흐릿한 가로등을 조명 삼아 고구마를 굽고 있는 사내는 누가 봐도 영락없는 고구마 장수였다. 검게 그을린 장갑 사이로 드러난 거칠고 갈라진 손가락을 보니, 꽤 오랫동안 고구마를 굽고 있었던 모양이다. 손님은 없었다. 하지만 그는 고구마 통에 장작을 넣고 정성을 들여 고구마를 굽고 있었다.

내가 말했다.

"그 고구마 통을 저에게 주십시오."

그는 나를 쳐다보더니 고구마 한 개를 통에서 꺼냈다. 고구마에서는 뿌연 연기가 모락모락 피어올랐다. 그는 고구마를 반으로 쪼개더니 그 중 한 개를 내게 건네며 말을 꺼냈다.

"미치바라씨? 드디어 올 게 왔군요. 저도 다음 주인을 기다리며 고구마를 굽고 있었죠. 오랜 시간이 지나도 당신이 오지 않아 주인이 바뀐 줄 알았어요."

"그동안 연료도 충분히 채워놨고, 이제 이 고구마 통으로는 과거든 미래든 갈 수 있겠죠. 하지만 명심하세요. 고구마 통에는 충분한 고구마가 구워져 있어야 합니다. 고구마를 구할 수 없는 안데스산맥의 고산지대라든가, 남극 보스토크 기지 같은 데라도 떨어지면 낭패겠죠. 다시는 돌아올 수 없는 시간대에 갇히고 마는 겁니다. 그러니 강수량이 많은 열대 아메리카 지역에 떨어지기를 기도하시기 바랍니다."

"아 그리고 한 가지, 고구마는 자색고구마를 사용하십시오. 이전에 밤고구마를 사용했다가 오작동을 일으킨 적이 한 번 있었어요."

"그런데 마쓰오가쓰씨, 왜 하필이면 고구마인 줄 아십니까? 카사바나 감자는 왜 연료로 사용하지 않은 겁니까?"

내가 물었다.

그는 두 번째 고구마를 통에서 꺼내 껍질을 벗기며 말했다.

"시간 여행자들은 고구마와 같은 존재들이기 때문입니다. 그들은 이 세계에 존재하지 않으며, 어디에도 속해 있지 않은 그저 유랑자들이에요. 감자는 자신만의 맛이 나지 않기 때문에 어떤 요리에 어울릴 수 있습니다. 크로켓이나 클램차우더, 셰퍼드 파이, 피시 앤드 칩스 등 다양한 음식을 생각해보세요. 감자가 혼자 존재하는 경우는 그리 흔치 않습니다. 반드시 어떤 요소들과 함께 어울려 있습니다. 하지만, 고구마는 다르죠. 강한 특유의 맛 때문에 조화를 이루며 존재하기가 쉽지 않은 거예요."

그는 두 번째 고구마를 입에 갖다 대며 말했다.

"고구마가 떨어지지 않게 조심하세요."

이것이 그의 마지막 말이었다. 그는 자리에서 일어나 뒤 돌아보지 않고 떠나버렸다.

짜장면 살인 사건

가을비가 바닥을 살며시 적시고 싸늘한 바람이 불던 어느 저녁, 육계동의 한 햄버거 가게에서 살인 사건이 일어났다. 짜장면이 목에 감긴 채 발견된 시체 덕분에 이 사건은 짜장면 살인 사건이라고 불렸다. 명탐정 김도난은 현장을 조사하기 시작했다.

"음, 짜장면이 불어난 시간을 봐서는 이 사람은 한 시간 전에 살해됐어. 숨이 막힌 채 고통스럽게 죽어갔겠지. 짜장면 안쪽이 뜯겨 있어. 아마 이 사람은 살기 위해 면을 뜯고 있었겠지. 필사적으로 이를 놀렸겠지만 역부족이었어."

"봐. 소스가 불에 그을린 향이 나지? 이건 보통 짜장이 아니야. 간짜장이지. 간짜장은 일반 짜장보다 탄력이 강해 한 번 목에 감기고 나면 끊기는 불가능해. 이건 프로의 짓이다. 일개 아마추어의 실력이 아니야. 하지만 범인은 현장에 중요한 단서를 남겼지."

"봐, 이 사람의 손엔 두툼한 쇠고기 패티와 슬라이스 치즈가 2장이 올려진 수제 햄버거를 잡고 있어. 즉 범인은 피해자가 햄버거를 먹고 있는 사이에 범행을 저질렀다는 거지. 이건 완벽히 계획된 살인이다. 이 집 햄버거는 특히 치즈버거가 맛있기로 소문이 나 있지. 피해자의 손에 들린 햄버거는 한 번 맛을 보게 되면 정신을 잃고 먹게 된다는 일명 마약 치즈버거. 피해자가 햄버거에 정신이 팔린 사이에 짜장면을 목에 감았던 거야. 그리고 아무런 말도 못 하고 고통스럽게 죽어갔겠지."

"범인은 굉장히 지능적이고 치밀한 놈이나. 마약 버거를 먹고 있는 손님들은 환각 성분에 취해 사리판단과 인식능력이 현저히 떨어지게 되지. 즉 이 사건에는 아무런 목격자도 없다는 거야. 하지만, 난 명탐정 김도난! 이미 현장에서 증거물을 확보했지."

"시체 주변에 떨어진 붉은 색 머리카락 5개, 코 묻은 휴지, 그리고 남겨진 프렌치프라이 2조각. 어때? 이제 감이 좀 오나?"

"그래, 붉은 여우 짓이다. 사악한 녀석. 배고픈 녀석은 프렌치프라이를 먹어치우고, 휴지로 코를 닦았겠지. 그리고 햄버거를 먹고 있는 피해자에게 미리 준비해둔 간짜장을 목에 감기 시작한 거야. 잔인한 녀석. 지금 당장 여우굴로 출동해야 해. 녀석이 겨울잠에 들어가면 끝장이다. 내년 봄이 올 때까지 이 사건은 미궁에 빠지게 된다. 서둘러!"

"여기가 녀석이 자주 출몰한다는 나락산 입구! 여기에는

145개의 크고 작은 여우굴이 있지. 어떻게 녀석을 찾냐고? 훗, 나는 명탐정 김도난. 이건 녀석이 가장 좋아하는 프렌치프라이지. 녀석을 잡기 위해 특별히 남아메리카 안데스산맥 중부 고원지대에서 생산된 감자로 갓 튀겨낸 프렌치프라이를 준비해왔지. 이걸 굴 입구에 갖다 놓고 기다리면 녀석은 냄새를 맡고 나타난다. 그때 단숨에 제압해 버리면 돼."

"봐, 녀석의 붉은 꼬리가 보인다. 어라, 녀석이 그냥 뒤돌아 굴로 들어가는데?"

"아뿔싸! 케첩을 깜빡했다!"

감정예보

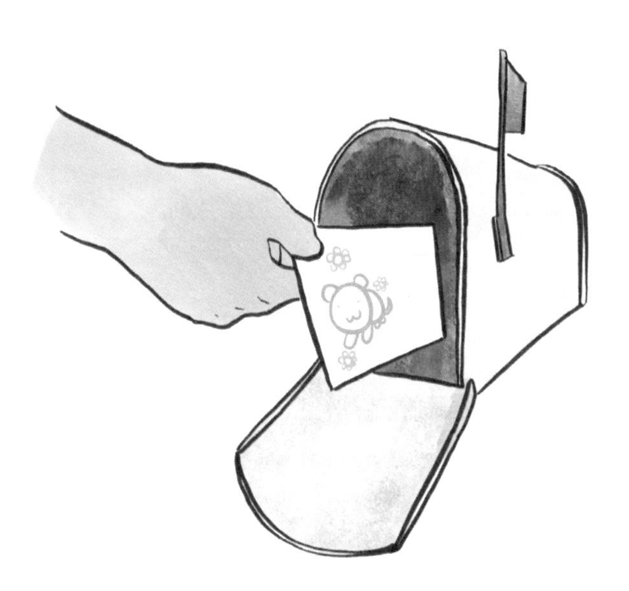

“사랑은 바람처럼 눈에 보이지 않지만 확실히 존재한다고 생각해. 그러니까 마치 일기 예보처럼 정확한 감정의 예측도 가능하다는 거지. 존재하는 모든 것은 예측이 가능하거든. 데이터를 가지고 보이지 않는 날씨를 예측하듯 일종의 감정의 패턴 같은 것을 통해 사랑도, 다른 감정들도 예측이 가능하다는 거야.” 그녀는 입을 열어 조심하게 말을 이어갔다.

“예를 들면 월요일 ‘사랑 많음’, 화요일 ‘미움 조금’, 수요일 ‘사랑 흐림’ 뭐 이런 식으로 말이지.”

“그럼 우리는 사랑이 넘쳐나는 날에만 만나면 되는 건가?”

나는 대답했다.

“아니지. 사랑이 많은 날에는 충분히 사랑의 감정을 저장하고 미움이 많은 날에 조금씩 꺼내 쓰면 되는 거야. 아주 균형 있게 그리고 공평하게 말이지.”

이것이 우리의 마지막 대화였다. 그녀는 사라졌다. 전화 연결도 되지 않았고, 어떠한 메시지도 남기지 않았으며 그녀의 집 근처에서도 그녀의 흔적은 찾아볼 수 없었다. 마치 원래 존재하지 않았던 것처럼 말 그대로 사라져 버린 것이다. 내가 알 수 있었던 것은 어떤 이유로 그녀는 나를 떠났고, 나 홀로 이 세상에 남겨졌다는 것이다.

나는 그녀 없는 일상을 지속해야 했다. 아직 젊었고, 어찌 됐건 남겨진 자는 삶을 살아 내야 한다고 생각했다. 나는 의식적으로 그녀를 밀어내려 했고, 실제로 그녀에 대한 일부의 기억은 퇴색되었다. 하지만 시간이 흐를수록 그녀와 함께했던 순간의 감정들은 다시 제자리를 찾아가 온전히 내 속에 새겨졌다. 그녀에 대한 아련한 감정도 나 자신의 일부임을 인정하며 묵묵히 하루하루를 살아가는데 또 다른 시간이 걸렸다.

햇살 좋은 어느 4월의 토요일 아침, 여느 때와 같이 시계 알람에 맞춰 일어나 아침 식사를 위해 간단한 샐러드를 만들었다. 존 덴버의 노래를 틀고, 양상추를 손질했다. 흐르는 물에 씻어 적당히 손으로 뜯어 그릇에 담은 후 양파를 잘게 썰어 넣었다. 물을 끓여 삶은 달걀을 만들고, 샐러드오일과 식초로 드레싱을 만들었다. 케니 로저스의 노래로 바꾸고 천천히 샐러드를 먹으며 당근 주스를 마셨다. 식사를 마친 후 밖으로 나와 가볍게 공원을 산책했다. 상인들은 분주히 가게 문을 열고 있었고, 아이들은 공을 차고 있었으며 작은 새들은 서로 어울려 지저귀고 있었다. 모든 것이 평화로운 완벽한 토요일 오전이었다. 집에 오는 길에 서점에 들러 알베르 카뮈의 문고판 소설을 샀다. 책을 읽으면서 마실 따뜻한 커피와 간식으로 먹을 크루아상도 샀다.

집에 도착해 우편함을 들여다보니 엽서 한 장이 놓여 있었다. 엽서에는 이렇게 적혀있었다.

"2002년 10월 17일, 사랑 흐림."

작곡 공장

대중들에게는 노출되어 있지 않지만, 대중들을 위해 대중들을 위한 음악을 만드는 곳이 있다. 우리는 그곳을 작곡 공장이라고 불렀다.

음대에서 작곡을 전공한 나는 취업을 위해 이곳저곳 알아보다 우연히 학교 게시판에서 '플랜트 뮤직'이라는 회사의 공고를 보게 되었다. 담당 교수는 자신의 지인 중 한 명이 운영하는 곳이라며 추천서 한 통을 써주었다. 사명에 '뮤직'이라는 말이 들어가는 것으로 짐작했을 때 음악 관련 사업을 하는 곳으로만 추정할 뿐, 이 회사에 대한 정보는 전혀 찾아볼 수가 없었다.

플랜트 뮤직의 인사 담당자는 음악 경력, 작곡 경험, 토익 점수, 학교 점수 등 다양한 것을 집요하게 물어봤다. 그는 인상을 찌푸리며 이렇게 이야기했다.

"뭐 솔직히 얘기해서 우리 회사는 김장욱 씨의 정도의 스펙으로 올 수 있는 회사가 아니에요. 우리는 정말 각 장르에서 음악으로 난다 긴다 하는 사람들만 선별해 뽑고 있습니다. 해외 명문 음대의 박사 학위 취득자만 해도 직원의 절반이 넘지요. 하지만 최 교수님의 추천서가 있으니 일단 합격으로 하겠습니다. 내일부터 출근하세요."

나는 작곡 3본부 비트 편성팀으로 발령받았다. 사무실에 들어오니 수백 대의 컴퓨터가 나란히 일렬로 배치되어 있었고 각 컴퓨터 앞에는 휴대용 86키 미디 키보드와 헤드폰이 놓여 있었다. 벽면에는 '품질경영', '내 공정이 최종 공정', '납기 준수, 규격 준수'와 같은 포스터들이 사방에 붙어 있었다. 짙은 청색의 작업복을 입은 직원들은 자신의 이름이 적혀진 컴퓨터에 앉아 무엇인가 분주히 작업하고 있었다. 흡사 70년대 FM 라디오를 조립하는 컨베이어벨트를 연상케 하는 모습이었다.

노란색 완장을 오른팔에 착용한 작업반장은 업무에 대한 간단한 오리엔테이션을 진행했다.

"우리 회사는 J사, S사, Y사, K사 등 대형 연예기획사에 히트곡을 납품하고 있는 회사입니다. 국내 95% 이상의 히트곡들이 우리 회사에서 나오신다고 보면 돼요. 나머지 5%도 사실 우리 회사 곡인데 납품 전에 품질 검수가 잘못돼서 릴리스 된 제품이에요. 작업자가 실수로 음표 하나가 잘못 처넣거나, 드럼 비트가 하나 더 찍거나 하는 등 실수를 하면 간혹 이런 일들이 발생하죠. 너무 미세한 차이라 품질팀에서 잡아내지 못한 케이스예요. 업무는 12시간 2교대로 진행되고, 모든 작업자에게 4시간 근무에 휴식 시간 30분이 주어집니다. 점심시간 1시간 별도고요."

내가 하는 일은 미디 프로그램에 드럼 비트를 찍어 넣는 일이다. 코드 팀에서 넘어온 히트곡 코드 배열에 맞게 정해진 드럼 비트를 찾아 입력한다. 드럼 비트 표는 앞 공정의 히트곡 코드 배열 표와 정확히 매칭되어 있기 때문에 실수만 하지 않으면 크게 어렵지 않다. 내가 하이햇과 스네어를 찍고 옆으로 보내면, 다음 사람은 킥과 퍼커션을 입력한다. 드럼 비트가 완성되어 멜로디 팀으로 제품이 넘어가면 히트곡 멜로디가 만들어지고 가사, 보컬, 믹싱 등 후공정이 이루어진다. 보컬 공정에도 가수들이 직접 노래를 하지 않는다. 이미 기획사에서 건네받은 아이돌 멤버의 음성 추출 데이터를 이용해 제작하기 때문이다.

우리는 이곳에 갇혀 매일 12시간씩 기계처럼 곡을 뽑아냈다. 하루 달성량 35곡을 만들어 내지 못하면 인센티브가 지급되지 않았다. 직원들은 지쳐갔지만 일을 그만둘 수는 없었다. 연봉이 일반 대기업의 3배 이상 높았기 때문이었다. '최고의 인력들을 뽑아 최고의 대우를 하고 최고의 제품을 만들어 낸다.' 이것이 플랜트 뮤직의 모토이자, 이곳을 움직이는 원동력이었다.

어느 날 모든 작업자의 지시등에 빨간색 불이 들어오더니, 공장이 멈춰 섰다. 작업반장은 원인을 파악하느라 이리저리 뛰어다녔다. 곧 모든 상황이 밝혀졌다. 코드 작업자 P 씨가 히트곡 코드가 아닌 자신이 원하는 대로 아무렇게 코드를 입력해 버린 것이다. 코드 배열 표에 나와 있지 않은 코드 진행에 모든 후공정 작업자들은 작업을 중단할 수밖에 없었다. P 씨는 그날부로 해고당했다. 회사는 이날 15곡의 히트곡을 기획사에 납품하지 못했고, 막대한 금전적 손실을 보았다. 사건은 여기서 멈추지 않았다. 앙심을 품은 P 씨는 플랜트 뮤직의 히트곡 독과점에 대해 언론에 고발했다. 그는 볼트나 너트의 규격과 같이 정확히 만들어진 히트곡들로 작곡가들은 창의력을 상실하게 되었으며, 철저한 자본주의와 시장의 논리로 히트곡이 만들어진다고 비판했다. P 씨의 발언은 전 세계를 뒤흔들 정도로 충격적이었다. 세계적인 K-pop의 인기만큼 그 파장도 엄청났기 때문이다.

P 씨의 고발이 있고 난 뒤 불과 14시간 후, P 씨는 싸늘한 주검으로 길거리에서 발견되었다. 모든 방송사가 일제히 뉴스 속보로 보도했다. TV의 자막에는 이렇게 쓰여 있었다.

"P 씨 살인 사건 용의자는 아이돌 그룹 핑커팽커의 열혈 팬, 15세 김 모 양으로 밝혀져…."

1985년의 하와이

LA에서 건즈 앤 로지스가 밴드를 결성하고 아직 마이클 잭슨이 흑인이었던 시절, 그 시대에는 저항할 수 없는 그런 시대의 문화라든가 흐름이 있었다. 영혼이 이끄는 데로, 마음이 닿는 데로 정처 없이 떠나 버리는 것이다. 나는 그렇게 3년 동안 일한 레코드 가게를 나왔다. 1985년 5월이었고, 레코드 가게는 커다란 창으로 들어오는 화창한 오후의 햇살을 맞으며 스티비 원더의 '인 스퀘어 서클'을 흘려보내고 있었다.

당시 레코드 사장은 급여를 더 올려 줄 테니 가게에 남으라고 권유를 했다. 레코드 사장은 국내 발매되지 않은 희귀 레코드나 CD를 수입해 팔고 있었는데 제법 블루스와 록 음악을 잘 알고 있었던 내가 큰 일손이 된다고 생각했던 모양이었다. 나는 사장의 권유를 뿌리치고 "죄송하지만, 하고 싶은 일이 있어서요. 그동안 감사했습니다."라는 말을 건네고 다음 날 하와이로 떠났다. 레코드 가게에서 일하며 모은 돈으로 무작정 호놀룰루행 비행기 표를 샀던 것이다.

무작정 떠났지만 무작정 하와이로 간 것은 아니었다. 어린 시절 노만 터로그 감독의 '블루 하와이'에 나온 엘비스 프레슬리의 모습을 보고 하와이안 셔츠를 입고 기타를 치는 낭만적인 사내를 동경해 왔다. 게다가 내가 일하던 레코드 가게 벽면에는 시원한 여름 바다에서 서프보드를 들며 웃고 있는 비치보이스의 앨범 포스터가 붙어 있었는데, 이 포스터를 볼 때마다 와이키키 비치에서 신선한 오렌지 한 조각이 꽂혀 있는 마이타이를 마시고 있는 내 모습이 머릿속에 떠나질 않았다. 5월의 햇살과 스티비 원더와 비치보이스가 나를 하와이로 이끈 셈이다.

와이키키 해변에 도착해서 마이타이 대신 레몬 조각이 꽂혀 있는 블루 레모네이드를 마셨다. 야자수를 둘러보고 해변과 진녹색에 가까운 푸른 바다를 바라봤다. 시간은 따뜻하게 흘러갔다. 싱싱한 참치가 들어 있는 아히포키볼을 먹었고, 두꺼운 쇠고기 함박스테이크와 써니 싸이드업 에그가 부드럽게 올라간 로코모코를 먹었다. 배가 부르면 야자수가 포근하게 둘러싼 해변 주변을 걸어 다녔다. 음식은 맛있었고, 야자수는 아름다웠으며, 시간은 넘쳐났다. 나는 매일 아침 일어나 눈부신 백사장에서 시원하게 부서지는 파도를 바라보며 조깅을 했고, 커피를 마셨고, 팬케이크와 샐러드를 먹었다.

그러던 어느 날, 수중에 모든 돈이 떨어졌다. 큰 소비도 없었으며, 매일 비슷한 패턴으로 생활하고 있었으므로 서서히 조금씩 사라지는 돈에 대해 인식을 하지 못했다. 마치 데이비드 카퍼필드에 의해 사라진 자유의 여신상처럼 어느 날 일어나보니 모든 돈이 사라지고 만 것이다.

나는 숙소의 렌트비를 내지 못해 거리로 쫓겨났고, 아름다운 와이키키 해변의 한 곳에 자리를 잡고 앉았다. 그리고 나는 홈리스가 되었다. 이후 나는 30년간 하와이를 떠돌았다. 닳고 떨어진 붉은 하와이안 반팔 셔츠를 입고 거리에 앉아 기타를 치며 스티비 원더를 불렀다. 낡은 기타 케이스에 푼돈이 모이면 그 돈으로 끼니를 때우고 다시 해변을 따라 올라갔다. 거리를 떠돌며 수많은 사람을 만났다. 거리 생활을 하며 홈리스 친구들도 제법 사귀었다. 하지만 시간이 흐르자 그들의 일부는 세상을 떠났고, 직장을 얻기도 했으며 가정으로 돌아가기도 했다.

2015년 8월 현재, 하와이 호놀룰루에는 아직도 수많은 홈리스가 있다. 그들은 영혼의 안식처를 찾아, 신념을 찾아, 내면의 자유를 찾아 그렇게 정처 없이 떠나왔던 1985년도의 젊은 청년들이었다. 오늘은 유난히 날씨가 맑다. 눈부셨던 1985년 5월의 하와이처럼.

달팽이의 공습

이미 꽤 오래전의 일이다. 한 농부가 자신의 옥수수밭에서 거대한 달팽이 집을 발견했고 이를 당국에 신고했다. 그 거대한 크기와 섬세하게 조각된 돌기, 그리고 누가 만들었는지 알 수 없는 미스테리한 정체 덕분에 달팽이 집은 언론의 관심을 받았다. 과학자들은 이 거대한 달팽이 집이 백악기 시대에 존재했던 유클립타토스의 화석이라고 주장했다. 달팽이 집은 고생물 연구소, 지질연구소, 자연사박물관 등을 떠돌다 센트럴 파크로 최종 거처가 결정되었다. 시간이 흐르자 달팽이 집은 그저 공원에 있는 거대 조형물 중 하나로 인식되었고, 그렇게 사람들의 시선에서 멀어졌다.

봄 햇살이 부드러운 4월의 어느 아침이었다. 사람들은 평소처럼 공원에서 산책하고, 일광욕을 즐기고 있었으며 아이들은 공을 차고 있었다. 한 가지 다른 점이 있었다면 달팽이 집이 움직이기 시작이기 시작했다는 것이다. 사람들은 달팽이 집 주변으로 모이기 시작했다. 정오가 되자 달팽이 집의 흔들림은 절정에 달하더니 이내 고요해졌다. 사람들도 이내 흥미를 잃고 제 갈 길을 떠났다. 그때였다. 달팽이의 공습이 시작된 것이.

태양이 하늘의 정점에 치달아 오르자 달팽이 집은 거대

달팽이 수만 마리를 순식간에 토해냈다. 2미터가 넘는 거대 달팽이들은 눈에 보이는 모든 것을 닥치는 대로 먹어 치우기 시작했다. 공원은 곧 초토화되었고, 도시로 옮겨간 달팽이들은 아스팔트와 건물을 모두 파먹었다. 며칠이 지나자 도시의 모든 건물은 콘크리트 철골만 남겨졌고, 달팽이들은 거리의 사람들을 습격했다.

우리는 달팽이를 피해 남쪽으로 내려갔지만 기하급수적으로 늘어나는 달팽이에 의해 모든 곳은 폐허가 되었고 더 이상 피할 곳이 없었다. 아직 온전한 곳이 있다면 그것은 바로 거대 달팽이 집 하나뿐이었다. 우리는 결정을 할 수밖에 없었다.

"어찌 됐건 가만히 있으면 우리도 당하고 말 거야. 이제 결단을 내려야 할 것 같아."

"무슨 방법이 있기는 한 거예요? 우리도 이제 곧 잡아 먹히고 말 거예요."

그녀가 말했다.

"마지막 남은 곳은 바로 저 거대 달팽이 집뿐이야. 등잔 밑이 어둡다고 저 안에 들어가면 안전할지도 몰라. 하나, 둘 셋, 외치면 뒤돌아 보지 말고 곧장 달팽이 집으로 뛰는 거야."

"잠시만요. 저는 아직 마음의 준비가…."

"하나, 둘, 셋!"

우리는 손을 붙잡고 달팽이 집으로 뛰어갔다. 달팽이는 거대한 몸집에도 불구하고 우리의 달리기 속도를 따라잡지는 못했다. 우리는 달팽이를 따돌리고 달팽이 집에 도달했다. 달팽이 집은 마치 배수되지 않은 하수가 썩어버린 듯한 지독한 악취를 풍겼다. 우리는 코를 막고, 달팽이 집 안으로 들어갔다. 달팽이 집 안쪽은 거대한 미궁처럼 복잡했고 지하 동굴처럼 어두웠다. 우리는 길을 따라 천천히 안쪽으로 들어갔다. 달팽이는 보이지 않았다. 30분의 시간이 흘렀을까 그녀가 외쳤다.

"불빛이에요. 희미한 불빛이 보여요."

우리는 불빛이 비치는 곳으로 발자국을 옮겼다. 그리고 조심스레 고개를 들어 안쪽을 살펴보았다. 항공기의 콕핏처럼 보이는 조종실 내부에서 작은 기생충 한 마리가 모니터를 보며 달팽이를 조종하고 있었다.

"이제 다 끝났어. 다시 평화를 되찾았다고!"

나는 엄지손가락으로 기생충을 꾹 눌러 죽이며 말했다.

카레 향의 그녀

그녀를 처음 만난 것은 1998년 초가을 몬트리올에 있는 한 일본식 카레 전문점에서였다. 나는 커다란 에비카츠가 곁들어진 카레를 주문했고, 그녀는 작은 에그 프라이가 올라간 쇠고기 카레를 주문했다. 커다란 창문 사이로 따스한 햇볕이 쏟아졌고, 카레는 햇살에 반사되어 백사장의 모래처럼 반짝였다. 한동안 말이 없던 그녀는 테이블에 카레가 준비되자마자 말을 꺼내기 시작했다.

"카레는 상당히 철학적인 음식이에요. 규격화되어 있는 채소와 고기 그뿐만 아니라, 서로 다른 토핑들 예를 들면 파프리카나 훈제 연어 또는 프링글스 같은 이질적인 재료들도 카레와 섞이면 완벽한 하나의 음식이 되어버리죠. 모든 그것이 한대 어우러져 카레라는 하나의 작은 우주 속에서 균형과 조화를 이루게 되는 거예요. 따라서 인도인들이 카레를 사랑하는 것이고, 석가모니도 카레를 즐겨 드셨죠."

"저는 카레가 우주 최고의 음식이라고 생각해요. 가끔 이런 생각이 들어요. 우주인이 지구를 침략하는 거예요. 우주 최고의 음식인 카레가 지구에 있기 때문이죠. 첨단 과학기술을 가진 외계인에게 지구인들은 당초에 적수가 되지 못해요. 하지만 지구인들의 저항은 만만치 않아요. 카레가 없다면 그들의 존재 이유가 없는 것이니까. 워낙 거세게 저항하니 우주인들은 이런 협상을 제안하죠. '우리가 마음만 먹으면 이런 별 하나쯤은 재채기 한방으로 쓸어버릴 수 있지만, 카레를 사랑하는 지구인들의 마음에 감동하여 한 가지 제안을 하겠다. 지금부터 지구의 모든 카레를 가지고 거대한 카레를 만들 것이다. 그리고 딱 30년 동안만 카레를 배급할 것이다. 하지만 지구인들은 카레 국물과 건더기 중 하나만 선택해야 할 것이다.' 저라면…."

그녀는 곰곰이 생각에 잠기더니 이내 다시 말을 이어 갔다.

"저 같으면 분명히 건더기 쪽이에요. 한 가지를 선택해야 한다면 말이죠. 카레 국물을 쓱쓱 밥에 비벼 먹는 것도 좋지만, 건더기를 하나씩 떠먹는 것을 더 좋아하거든요. 게다가 작은 채소들이 옹기종기 모여 몸을 담그고 있는 모습이 상당히 귀엽지 않나요? 보기만 해도 정말 먹고 싶어져요."

우리는 카레를 먹으며 카레 이야기를 했고, 커피를 마시며 카레 이야기를 했다. 정확히 말하자면 카레 이야기만 한 것은 아니었다. 그녀는 카레 향신료의 종류와 특성, 지역별 카레의 특색을 말하면서도 자신의 유년 시절에 관해 이야기했고, 전 세계 카레 맛집에 대해 말하면서도 롤링스톤스와 레드 핫 칠리 페퍼스의 음악에 관해 이야기했다. 시간이 흐르면서 그녀가 말한 대부분은 잊어버렸다. 하지만, 한 가지 확실한 기억은 있다. 강황에는 숙취해소제 성분이 있어 카레가 해장용으로 좋다는 것과 카레에 매료된 여자가 상당히 매력적이라는 것이었다.

우리는 카레를 먹었고, 카레를 이야기했으며, 덴젤 커리의 음악을 들었다. 우리는 연락처를 주고받았고 각자의 삶으로 흩어졌다. 하지만 나는 더 이상 그녀를 만날 수 없었다. 한국으로 돌아와 여러 번 연락을 시도했지만 닿지 않았다. 나는 그녀가 어디에 사는지, 무엇을 하는지, 어떤 사람이지 전혀 알 수 없었다. 그저 카레 향의 여자라는 사실만 알고 있을 뿐이었다. 나는 더 이상 카레를 먹지 않았다.

그 후 1년이라는 시간이 지났고 어느 날 나는 편지 한 장을 받았다. 편지 봉투에는 편지 대신 폴라로이드 카메라로 찍은 사진 한 장이 들어 있었다. 나는 직감적으로 그녀라는 것을 알 수 있었다. 사진 속에는 그녀가 있었다. 노란색 폴로 셔츠를 입고 양손에 카레가 담긴 그릇을 들며 웃고 있는 그녀가 보였다. 사진에는 이렇게 적혀있었다.

“이제 카레를 만듭니다! 1월 22일 일본 카레의 날, 교토에서.”

밀키웨이

아직 아침 입김이 수증기처럼 뿜어지는 1996년 2월, 나는 서울에서 창원 읍소리에 소재한 경신 고등학교로 전학 왔다. 내가 이곳에 온 이유는 아버지의 직장 때문도 아니고, 연고지가 있어서도 아니고, 특별한 집안 사정 때문은 더욱 아니었다.

이건 단순히 내 문제 때문이었고, 좀 더 구체적으로 말하자면 대학교 진학 문제 때문이었다. 내 성적으로는 제대로 된 4년제 대학에 진학이 어렵다는 판단을 하신 아버지는 나를 이곳으로 보내셨다. 대입 농어촌특별전형을 위한 전입이었다. 아버지께서는 내게 몇 년간 시골에 있으면서 제대로 내신 성적을 만들고, 특별 전형을 통해 대학에 들어가라고 하셨다. 특별한 불만은 없었다. 서울에 친구가 많은 것도 아니고, 그렇다고 딱히 좋아하는 여자아이가 있는 것도 아니었다. 나는 그날로 짐을 싸 들고 창원으로 내려왔다. 이때까지만 해도 운명적인 만남이 이곳에서 이루어질 것이라고는 상상하지 못했다.

전학 온 지 얼마 안 되어 전교생 사생대회가 열렸다. 장소는 읍소리에서 가장 크다는 창신 목장이었다. 100만 에이커의 광활한 대지, 푸른 잔디가 지평선까지 깔린 이 드넓은 목장에서 만개한 갖가지 꽃을 바라보며 고등학생들은 잠시 한가로운 여유를 즐기고 있었다. 나 또한 이제껏 보지 못했던 대자연의 모습에 도취하여 사생대회는 뒤로 한 채 느긋하게 목장의 젖소들을 구경하고 있었다. 목장의 경계를 알리는 나무 펜스 사이로 무리를 일탈한 한 마리의 젖소가 저벅저벅 나에게 걸어오는 것이 보였다. 단순한 호기심 때문이었는지, 배가 고파서였는지는 모르겠지만 등에 별 모양이 있는 독특한 무늬의 홀스타인 젖소 한 마리가 펜스의 구멍 사이로 나를 물끄러미 쳐다보고 있었다. 상당히 지친 모습의 젖소였다. 나는 조용히 다가가 젖소의 이마에 손을 갖다 대었다. 두툼한 이마는 잘 짜인 고급 융단처럼 부드러우면서 탄탄했다. 갈색으로 변색한 이마의 털에서는 세월의 흔적이 느껴졌다. 나는 손이 움직이는 데로 천천히 소를 쓰다듬었다. 나는 순간, 이 젖소와 영혼의 교감을 이루었다고 생각했다. 그리고 다음 날 나는 농부가 되기로 결심했다.

다음날 바로 창신 목장에서 일을 시작했다. 부모님께는 전화로 이 사실을 알렸다.

"아빠, 나 창신 목장에 취업했어요. 이제 학교는 안 다니려고요."

"멍청한 녀석, 이제 두 번 다시 연락하지 마라." 뚜뚜-

상관없었다. 어차피 공부에는 도통 흥미가 없었다. 부모님과 떨어져 있으니 오히려 삶에 대한 선택의 폭이 넓어진 것 같았다. 나는 매일 아침 7시에 일어나 목장에 출근했다. 몸은 고됐으나 매일 젖소를 보고, 젖소를 관리하는 것만으로 행복했다. 내가 목장에서 맡은 일은 사료를 만드는 일이었다. 소가 초식동물이라고 해서 풀만 먹던 시절은 이미 1980년대 들어 사라졌다. 상품성을 높이고 영양 밸런스를 맞추기 위해 다양한 성분이 들어 있는 고에너지 고단백 사료를 급여하게 된 것이다. 나는 젖소를 품종에 맞게 분류하고, 그에 맞는 사료 배합비에 따라 사료를 적절히 혼합하고 제조한다. 내가 특별히 신경써야 하는 젖소는 일반 젖소와는 다른 특수 젖소들이다. 특수 젖소는 유가공품을 만들어 내는 젖소다. 특수 젖소에게는 이들이 생산하는 제품 유형에 맞는 특수 사료를 제조해 급여해야 한다. 이를테면 초콜릿 맛 우유를 만드는 젖소는 건초, 사일리지, 특수 사료를 섞은 베이스에 다크 초콜릿을 추가하고 MSG와 글루타민, 황색 식용색소 2호를 첨가해 맛과 향, 원유 색상까지 초콜릿 맛을 내게 한다. 딸기 우유를 생산하는 젖소는 건조 딸기와 특수 사료를 60:40의 배합으로 만들어 먹인다.

창신 목장의 여러 제품 중에서도 가장 인기 있는 제품은 바나나 우유다. 멕시코산 천연 바닐라에서 추출한 향료와 에콰도르산 바나나를 껍질째 갈아 만든 특수 사료를 먹여 진한 바나나 맛 우유를 제조한다. 바나나 우유의 제조 과정은 특히 다른 우유에 비해 까다로운데, 곱게 간 바나나 껍질과 과육을 48시간 동안 저온 숙성 후 정확한 비율의 사료 베이스를 섞어야 하기 때문이다. 조금이라도 숙성과정이 잘못되거나 사료의 배합이 잘못되면 창신 목장 특유의 바나나 맛이 나오지 않기 때문에 더욱 신중함이 요구되는 작업이다.

한참 목장업무가 손에 익어가고 젖소를 돌보는 일에 재미가 들 무렵, 나는 돌이킬 수 없는 치명적인 실수를 하고 말았다. 품질 검수 차 이제 막 생산된 바나나 우유를 맛본다는 것이 실수로 바나나 사료 배합물을 마시고 만 것이다. 처음에는 머리가 아프고 속이 매스껍더니, 이내 괜찮아졌다. 아니 오히려 더욱 컨디션이 좋아진 것 같았다. 퇴근 무렵에는 항상 허리가 아프고 눈이 침침했는데 이날은 유난히 정신이 더욱 맑아지는 것 같았다. 나는 '역시 가공 사료가 아닌 천연재료로 만든 사료가 다르군. 우유 품질이 남다른 건 다 이유가 있어'하고 생각하며 기분 좋게 잠을 청했다.

아침에 눈을 떠보니 뭔가 이상했다. 침대는 부서져 있었고, 내가 입었던 잠옷은 갈기갈기 찢겨 사방에 떨어져 있었다. 나는 내가 변했다는 사실을 인지하는 데 오랜 시간이 걸리지 않았다. 거울 속의 나는 젖소로 변해있었다. 나는 소리를 질러 보았으나 '음매, 음매'하는 구슬픈 울음소리만 들릴 뿐이었다. 나는 놀라서 목장을 뛰쳐나갔다. 나무 펜스 너머로 경신고등학교 학생들이 보였다. 나는 단숨에 달려가 펜스에서 소리를 질렀다. 다행이다. 한 학생이 나를 알아보고 이쪽으로 다가왔다. 그 학생은 나와 눈이 마주쳤다. 그리고 그는 내 이마에 손을 가만히 갖다 대고 이렇게 말했다.

"이마가 참 부드러운 젖소구나. 너를 보니 목장 일을 배우고 싶은걸?"

햄버거

"전 햄버거가 그 자체로 완전식품이라고 생각해요. 탄수화물, 지방, 단백질을 동시에 그리고 편하게 섭취할 수 있죠. 따라서 하루에 한 끼를 햄버거만 먹어도 이렇게 건강을 유지할 수 있는 거예요. 28년간 햄버거만 먹어온 저로서는 역시 맥도날드가 최고라고 생각해요."

그녀가 말했다.

"제가 이제까지 먹어온 햄버거 프랜차이즈 브랜드만 해도 100개가 넘어요. 수제 버거집까지 합치면 300개 이상이죠."

"하지만, 역시 가장 스탠다드한 맛이랄까? 가장 기본에 충실한 햄버거는 맥도날드라고 생각해요."

"예를 들면 웬디스랄까 버거킹 같은 것은 패티가 두껍고 내용물이 많아 뭔가 요리 같은 느낌이 들어요. 이래서는 진짜 햄버거 같은 맛을 느낄 수 없는 거예요. 햄버거는 말 그대로 햄버거이지 고급 요리가 아니죠. 따라서 저는 요리같이 접시에 내오는 햄버거나 이쑤시개가 꽂혀 있는 수제버거는 햄버거가 아니라는 생각이 드는 거예요."

"눅눅하고 푸석한 번 안에 잡고기를 갈아 만든 저렴한 냉동 패티와 형편없이 잘린 양배추를 넣고, 성의 없이 소스를 뿌린 뒤 아주 적당히 조립해 쓱 카운터에 던져버리는 그런 햄버거야말로 제대로 된 햄버거죠. 패스트푸드 본연의 정신이 살아 있는 햄버거요."

"저는 근본주의자예요. '이것이 좋은 햄버거인가'를 판가름하는 기준을 패스트 푸드 본연의 정신인 '적당함'에서 찾는 거죠." 하지만 시간이 지날수록 이런 햄버거들은 찾아보기 힘들어졌어요. 햄버거에 온갖 토핑과 소스로 치장하고 대단한 요리인 마냥 비싼 가격에 팔아버리는 거예요. 이런 측면에서 수제버거는 사회악이죠."

"제가 햄버거를 평가하는 또 다른 기준은 바로 한 손으로 햄버거를 잡을 수 있는가의 여부예요. 양손으로 들고 먹어야 하는 거대한 햄버거나, 내용물이 흘러내리는 햄버거는 역시 빠르게 섭취해야 한다는 패스트푸드 정신에 어긋나죠. 한 입 베어 물고 나면 부속물이 사방으로 흩어져 떨어지는 햄버거를 먹을 바야 타코를 먹는 게 낫죠. 흘러내리는 햄버거라니, 여자아이와의 첫 데이트에서 짜장면을 입에 묻혀가며 먹는 것과 다를 게 없어요."

"그런 측면에서 보면 이 기준에 부합되는 햄버거는 맥도날드밖에 없는 거죠."

오리발 연금술사

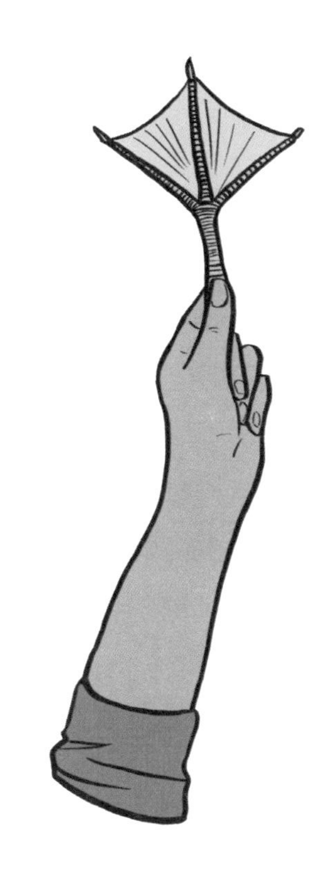

김철순은 닭고기 공장, 아비 치킨에 들어가 싱싱하고 살이 찬 생닭 10마리를 준비해온 가방에 집어넣고 당당히 걸어 나왔다.

"당신 뭐요?"

경비원이 재빨리 걸어 나와 김철순을 가로막았다.

"오리발이오."

김철순은 노란 오리발을 내밀며 말했다.

"아아, 오리발이군요. 어쩔 수 없죠. 그냥 가시죠. 허허."

경비원은 오리발을 내미는 김철순을 순순히 돌려보냈다.

배고픈 김철순은 근처 고깃집에 들어갔다.

"주인장. 등심 600g 부챗살 600g, 토시살 600g, 치마살 600g 모두 한우 1++ 등급으로 내주시오."

"네, 아침부터 시장하셨나 봐요? 금방 내오리다."

주인장이 내온 고기 한 점을 베어 문 김철순은 오랜만에 먹어보는 고기 맛에 감격하며 말했다.

"음, 부드럽고 육즙이 진하며 쫄깃하고 감칠맛 나는군. 고소한 향미와 함께 고기향이 입안에 가득 퍼지는 진정한 한우 특 1++ 고깃살이다."

"주인장, 잘 먹었소. 그럼 이만."

"손님, 계산은…."

김철순은 호주머니에서 오리발을 꺼내며 말했다.

"오리발이오."

"아네, 오리발이군요. 감사합니다. 다음에 또 오세요."

배가 부른 김철순은 본격적인 재산 증식을 위해 은행으로 들어갔다. 합법적이고도 빠른 방법으로 돈을 벌기 위해서다. 김철순은 대기표를 뽑은 후 은행 자판기에서 커피를 뽑아 마시면서 은행 TV에서 나오는 아침 드라마를 보고 있었다.

"12번 손님, 4번 창구로 오시기 바랍니다."

"훗, 내 차례인가?"

김철순은 미소를 지으며 4번 창구로 들어섰다.

"여기, 이 가방에 현금 오만원권으로 가득 채우시오."

"네?"

은행원은 놀라서 물었다.

"아 여기, 오리발."

김철순은 오리발을 내밀었다.

"네, 잠시만 기다리세요."

순간 안심했다는 듯 은행원은 차분히 김철순이 준비해온 돈 가방에 현금을 가득 담았다. 김철순은 한순간에 현금 8억을 가방에 담고, 유유히 은행을 빠져나왔다. 모든 것이 완벽한 하루였다. 그날 밤 오리 사나이를 만나기 전까지 말이다.

"김철순 님, 제 오리발을 찾으러 왔습니다."

"아니, 자넨… 어떻게 여기까지…."

"아 네, 제 오리발이니까요. 은혜는 충분히 갚은 것 같으니 이제 그만 찾아가겠습니다."

오리 사나이는 오리발을 가지고 사려졌다. 김철순은 큰 고민에 빠졌다. 그동안 너무 오리발에만 의존해서 살아왔다. 김철순은 다음 날 아침 그는 결단을 내렸다.

"좋아. 오리발 연금술사를 찾아가서 오리발을 만드는 거야. 성공만 한다면 난 평생 행복하게 살 수 있겠지."

다음날, 그는 가장 유명하다는 오리발 연금술사를 찾아갔다.

"이 닭발로 오리발을 만들고 싶으시다고요?"

"네, 불가능할까요?"

"닭발로 오리발을 만들기 위해서는 오르빌 강황, 감초, 고련피, 금전초, 쿤자이트, 싱싱한 귀뚜라미 뒷다리 20쌍, 태즈메이니아 호랑이의 수염 2가닥, 산토끼가 마시는 깊은 산속 옹달샘 큰 두술, 알프스 산맥 베른 협곡의 안개 10g이 필요하죠. 들어 보시면 알겠지만, 기본적으로 국내에서 구하기 어려운 희귀재료들이에요. 게다가 그 재료 비율이 조금이라도 달라진다면 전혀 다른 결과물을 얻게 되죠."

"허허. 하지만 제 연금술사 경력 중 오리발 경력만 34년입니다. 쉽진 않지만 96%의 성공률을 보장하죠. 맡겨만 주십시오."

"비용이 조금 나갈 텐데 괜찮으시겠어요? 뭐, 물론 오리발의 효험에 비하면 상당히 저렴한 가격이긴 하지만…."

"비용이?"

"네 8억입니다."

"네, 그럼 일단 계약금으로 10%, 8천만 원만 지금 현금으로 드리겠습니다. 나머진 물건이 완성되면 드리겠습니다."

"네, 그럼 1달 뒤 찾으러 오십시오."

한 달 뒤

연금술사는 김철순에게 오리발을 건네며 말했다.

"손님, 요청하신 물건이 잘 완성됐습니다. 한 치 오차도 없이 만들어졌습니다. 보세요. 이 은은하게 비치는 오리발을. 주름의 디테일까지 완벽히 재현했습니다. 잔금은 어떻게 하시겠어요?"

김철순은 얼굴에 미소를 띠며 건네받은 오리발을 내밀었다.

"네, 고생하셨습니다. 이만 가보겠습니다."

마술사

박창래는 한때 잘 나가는 마술사였다. 늘씬하고 훤칠한 키와 추운 겨울 여성들을 따뜻하게 감싸 줄 것 같은 훈훈한 외모, 재빠른 손놀림과 웅장한 스케일의 볼거리, 화려한 무대 매너, 그는 완벽한 엔터테이너이자 마술사들의 마술사로 불렸다. 한때는 말이다.

어려서부터 트릭에 능했던 그는 4살 때 친구를 속여 사탕을 빼앗고 6살에는 부모님의 돈을 훔쳐 과자를 사 먹었으며 10살 때는 커닝으로 100점을 맞았고, 13세에는 문방구 앞에서 판을 깔고 본격적인 야바위꾼이 되었다. 박창래의 주특기는 컵을 사용한 트릭이였다. 컵 세 개 안에 하나의 작은 구술을 넣고 돌려서 구슬의 위치를 맞추는 내기에 정통했다. 그는 타고난 입담과 과장된 손놀림으로 사람들의 정신을 교란하게 시킨 뒤 구슬의 위치를 슬쩍 바꾸는 식의 트릭을 사용했다.

그러던 어느 날 검은 턱시도를 입은 한 남자가 그의 좌판 앞에 나타났다. 그리고는 순식간에 박창래의 트릭을 간파하며 그의 손목을 붙잡았다.

그가 말했다.

"음, 훌륭한 손놀림이군. 재능이 있어. 뒷골목에서 야바

위꾼으로 살 인생이 아니야. 너, 나에게 마술을 배우지 않겠나? 너 정도면 앞으로 10년 뒤 세상을 흔들어 버릴 마술사가 될 수 있어."

박창래는 순간 이 의문의 사내의 눈에서 자신의 미래를 보았다. 그리고 결심했다. 세계적인 마술사가 되겠다고.

박창래는 바로 다음 날부터 턱시도 사내에게 혹독한 트레이닝을 받았다. 새벽에는 카드 마술과 비둘기 마술, 오전에는 탈출 마술과 동전 마술, 오후에는 공중부양과 순간이동 마술을 배웠다. 주말에는 무대 장악력 강화를 위한 커뮤니케이션 스킬, 군중 심리학, 마인드 컨트롤을 학습했다. 5년 뒤 박창래는 본격적인 프로 마술사로 데뷔하게 되었다. 그는 준비된 스타였다.

박창래의 스타성을 알아본 대형 마술 기획사는 그의 무대를 보기도 전에 전속계약을 맺었다. 첫 무대에는 이미 10만 명의 관중들이 모였다. 무대의 막이 오르자 박창래는 단 한 번의 손짓으로 여성 10명을 공중으로 부양시켰다. 그리고 손을 흔들자 5명의 여성이 공중부양 상태에서 사라졌다. 곧 무대에서는 차이콥스키의 교향곡 6번이 흘러나왔고 그가 리듬에 맞춰 손을 흔들자 공중의 여성들이 무대를 날아다니기 시작했다. 그의 첫 무대를 접한 대중들은 그의 매력적인 무대 매너와 아름답고 진기한 마술에 감탄했고, 이 단 한 번의 무대로 그는 세계적인 마술사의 반열에 올랐다.

하지만, 끝날 것 같지 않던 박창래의 인기는 서서히 사그라졌다. 그의 충격적인 마술에 이미 익숙해진 대중들은 더 큰 자극을 요구했고 박창래는 어느 시점이 다가오자 더 이상 창의적이고 매력적인 무대를 만들어 내지 못했다. 자신의 한계에 부딪힌 것이다. 설상가상으로 마술 자체에 관한 관심이 대중들에게 멀어지면서 마술사들은 철 지난 유행가 취급을 받게 되었다. 그가 무대에 오를 수 있는 자리는 지방의 소규모 공연장이나 구청에서 주관하는 문화 행사가 전부였다. 그는 그렇게 나이를 먹었고, 어느새 머리가 벗겨진 중년이 되었다.

"이러다가는 경로당 순회 공연이나 다니며 늙고 말 거야…."

그는 자신의 처지를 한탄하며 마술을 그만둘 결심에 이르렀다.

그때였다. 박창래 앞에 턱시도 사내가 다시 나타났다. 정확히 25년 만이었다.

"스승님!"

박창래는 그의 앞에 무릎을 꿇고 하염없이 눈물을 흘렸다.

턱시도 사내는 말했다.

"너는 이제 선택을 해야 한다. 그리고 새로운 삶을 준비해야겠지. 사실 마술사의 말로는 이미 정해져 있다. 마술사를 은퇴하게 되면 '마법사' 아니면 '도술사'가 되는 길밖에 없다."

"네? 마법사나 도술사요?"

박창래는 턱시도 사내의 눈을 바라보며 말했다.

"그래, 너에게는 두 가지 길이 있지. 먼저 마법사. 기본적으로 마법사는 주문을 외워 마법을 사용하지. 지팡이로 번개를 만들어 내거나 새로운 물건을 만들어 내고, 날씨를 조정할 수도 있다. 한낱 트릭이나 연구하며 속임수 장치나 만들어 내는 마술사가 아니라 진짜 초능력을 갖게 되는 거야. 마법사가 되기 위해선 세계 마법사 협회의 마법사 자격증 2급 이상 취득해야 하네. 하지만, 외어야 할 주문들이 너무 많아 쉽진 않지. 30권짜리 '주문 대백과' 양장본을 달달 외워서 3차에 걸친 필기시험을 통과해야 하고 2박 3일 동안 진행되는 마법 실습도 통과해야 해. 예를 들어 닭을 독수리로 만드는 마법을 사용하기 위해 1시간 30분 동안 틀리지 않고 주문을 외워야 하는데 그 주문의 양이 만만치 않아. 그래서 보통 마법사 자격을 얻고 나면 평균 나이 85세가 된다. 또한, 제대로 된 마법사 길드에 들어가지 않으면 밥벌이가 힘들어. 자칫하면 100세가 될 때까지 멍청한 용사들과 던전을 헤매며 슬라임이나 잡으러 돌아다니는 떠돌이 마법사가 될 가능성이 크다. 게다가 마법 지팡이는 계속 신제품이 나올 때마다 구입해야 하는데 그 비용 또한 만만치 않아."

"그럼, 도술사는요?"

박창래가 말했다.

"아무래도 마법사가 명예직이긴 한데, 도술사는 조금 급이 낮더라도 편한 노후를 보낼 수 있다는 장점이 있지. 축지법, 둔갑술, 투시력, 은신술 등을 익히고 나면 소소하지만 자신만의 사업을 할 수가 있단 얘기야. 예를 들면 독심술을 통해 도술상담원을 차려도 되고, 은신술이나 둔갑술을 익혀서 특공부대의 전술 코치가 되는 경우도 있고. 하여튼 굶어 죽을 걱정은 없을 거야. 운 좋으면 나중에 신선이나 법사로 빠질 수도 있고."

"스승님, 그럼 저는 도술사가 되겠습니다. 어떻게 하면 되겠습니까?"

"음, 이거 정말 아무한테나 알려주는 게 아닌데…."

"스승님! 제가 어떻게 마술사가 되었는지 아시지 않습니까? 알려주시면 최선을 다해 최고의 도술사가 되겠습니다."

"자네의 결심이 정 그렇다면 알려주겠네. 도술사가 되려면 도를 익혀야 하네."

"도를 어떻게 익힙니까?"

"도를 익히려면 먼저 대중에게 도를 전해야 하네. 잘 따라 해보게."

턱시도는 갑자기 표정이 급변하더니 마치 부처와 같은 인자한 표정을 지으며 말했다.

"저기, 잠시만요. 인상이 착해 보이세요. 조상님의 은덕을 많이 받고 계세요. 타고난 복이 많으신가 봐요? 눈은 마음의 창이라고 하잖아요. 지금 눈을 보니 많이 힘드세요. 이럴 때일수록 조상님께 정성을 들이셔야 해요."

"자, 여기까지 말하고 상대의 눈을 보며 마지막 한마디를 던지게."

턱시도 사내는 박창래의 눈을 보며 말했다.

"도를 아십니까?"

명탐정 김도난과 괴도 최복례 1

어느 날 경기도 인근에 있는 닭고기 공장 아바 치킨에 도둑이 들어 대량의 닭고기가 도난당하는 사건이 발생했다. 괴도 최복례의 짓이었다. 그는 항상 자신의 범행 장소가 결정되면 범행 1주일 전 친절하고 예의 바르게 예고장을 보냈다. 한 번 예고장이 날아오면, 아무리 삼엄한 감시에도 물건은 감쪽같이 사라졌다. 아무리 많은 인력을 동원해도 그를 막을 방법은 없었다. 이날도 마찬가지였다. 최복례는 범행지의 관할 구청의 행정 양식에 맞게 범행 목적, 일시를 명기해 예고장을 보내왔다.

문서 번화 : 2022-318호

시행 일자 : 2022년 9월 30일 22:00

수신 : XX 구청장

참조 : 김점복 과장

제목 : 아바 치킨 사육장 내 닭 5,600마리 회수 건

내용 :

1. 귀하의 노고에 진심으로 감사드립니다.
2. 2022년 9월30일 아바 치킨 사육장 내 닭 5,600마리를 가져갈 예정입니다.
3. 붙임 : 자료 제출 끝.

당국은 국내 최고라 불리는 명탐정 김도난을 불렀다.

"상황이 이렇게 됐습니다. 부디 최복례를 잡아 주십시오."

"음, 최복례라… 참 예의 바른 도둑이군. 이렇게 친절히 예고장을 보내다니."

"이럴 경우는 현장에 잠복해 있다가 잡아버리면 됩니다. 걱정하지 마십시오. 이 명탐정 김도난을 믿으세요."

범행 당일

"어떻습니까? 완벽한 한 마리의 닭이지요. 닭과 완벽히 동화되기 위해 14시간 동안 특수 분장을 했지요. 게다가 동물 연기 학원에서 며칠간 밤새가며 닭 연기를 배웠지요. 닭의 완벽한 습성을 파악하기 위해 닭의 영적 스승, 박예자 박사에게 개인 교습을 받기도 했습니다. 이제 닭의 무리에 들어가 있으면 제아무리 최복례라 할지라도 눈치채지 못하겠죠."

명탐정 김도난은 닭 분장을 하고 사육장 안에 들어가 있을 생각이었다. 그리고 최복례가 사육장 문을 여는 순간 그를 급습하는 것이다. 예고된 시간이 다가오자 김도난은 사육장으로 들어갔다. 특훈의 성과인지 그는 몇분이 채 지나지 않아 닭과 혼연일체가 되었다. 말 그대로 완벽한 한 마리의 닭이었다.

약 한 시간 후, 예정된 대로 괴도 최복례가 나타났다. 그는 가볍게 경비원들을 따돌리고, 철벽과도 같은 보안을 순식간에 해제한 뒤 사육장 문을 열었다. 이제 명탐정 김도난의 차례였다.

김도난은 최복례를 향해 이렇게 외쳐대며 전력을 다해 달려갔다.

"구구! 구구! 구구!"

'퍽'

"웬 닭이 이렇게 시끄러워!"

괴도 최복례는 몽둥이로 닭 대가리를 때리며 말했다. 작전은 실패했다. 머리를 얻어맞은 명탐정 김도난은 그 자리에서 기절하고 말았다.

명탐정 김도난과 괴도 최복례 2

명탐정 김도난은 닭장에 갇혀 어디론가 끌려가고 있었다. 한 참 시간이 지나자 김도난과 닭을 실은 트럭은 멈춰 섰다. 상당한 외곽에 있는 닭고기 가공 공장이었다.

"괴도 최복례님, 감사합니다. 오늘도 좋은 닭을 제공해 주셔서."

공장 직원 김 씨가 말했다.

"아닙니다. 항상 제가 고맙죠. 잘 아시겠지만 여기서 만들어지는 닭털 패딩과 고기는 어려운 춥고 배고픈 이웃을 위해 쓰이니까요. 잘 부탁해요."

정신이 든 명탐정 김도난은 자신이 곧 털이 뽑히고 가공되어 고깃덩이가 되리라는 것을 알게 됐다. 그는 여기서 탈출해야 했다. 곧 닭장 문이 열리고 닭들이 컨베이어벨트에 걸린 채 공장에서 죽게 될 것이다. 명탐정 김도난는 외쳤다.

"구구! 구구! 구구!"

아니, 이런! 목소리가 나오지 않는다. 닭과 함께 갇혀 있었더니 완전히 닭이 되어 버린 것 같다. 이제 잠시 후면 다른 닭들과 함께 털이 뽑힐 텐데….

공장 직원은 김도난의 배를 걷어차며 이렇게 말했다.

"여기 이놈은 덩치가 꽤 큰데, 요놈 잡아서 저희끼리 몸보

신이라도 좀 하면 어떨까요?"

"그것 좋군! 난 프라이드 반, 양념 반."

괴도 최복례가 말했다.

죽음의 순간이 다가오자 김도난의 전두엽은 갑자기 강한 빛을 발하기 시작했다. 머리에 강한 열기를 느낀 김도난은 금세 자신이 인간으로 돌아왔음을 느낄 수 있었다. 인간화가 된 김도난은 필사적으로 외쳤다.

"잠깐!!!"

"난 사람이오."

다행히 김도난의 입에서는 사람의 목소리가 나왔다.

"아니, 말하는 닭이라니!!"

괴도 최복례는 놀라서 말했다.

"난 사람이란 말이오! 내가 어딜 봐서 닭이라는 거요?"

김도난은 거세게 항변하였으니 한국의 첨단 분장 기술로 만들어진 그의 모습은 영락없는 닭이었다.

괴도 최복례는 말하는 닭, 김도난을 재정 상황이 어려운 국립 동물원에 넘길 생각이었다.

"난, 명탐정 김도난이오!"

"명탐정, 김도난?"

괴도 최복례의 눈빛이 갑자기 달라졌다. 김도난, 자신도 들어 본 적이 있는 전설적인 명탐정. 과학 수사, 심리 수사, 최면 수사에 능하며 치밀한 계획과 민첩한 검거로 범인들이 두려워 떤다는 그 김도난이 자신의 눈앞에 닭이 되어 나타난 것이다.

"아니, 도대체 왜 닭이? 당국에 끌려가 유전자 조작이라도 당한 건가?"

"난, 너를 잡기 위해 스스로 닭이 되었다. 유감스럽게 지금 이 모습으로 있지만, 사실 이건 특수 분장이지."

"자, 이제 순수하게 내 손에…."

'퍽'

공장 직원 김 씨는 김도난의 머리를 몽둥이로 내려쳤다.

"닭이 이렇게 말이 많아?"

"훗, 그를 놓아주게. 그는 닭이 아니야."

"아니, 하지만…."

"난 예의 바르고 친절한 괴도 최복례. 노약자를 도와주고, 가난한 이들을 위해 선행을 베풀지. 사람은 해치지 않아. 그 닭을 사람이 많은 한강 근처에 풀어주고 오게. 언젠가 다시 만날 날이 올 거야."

식물인간

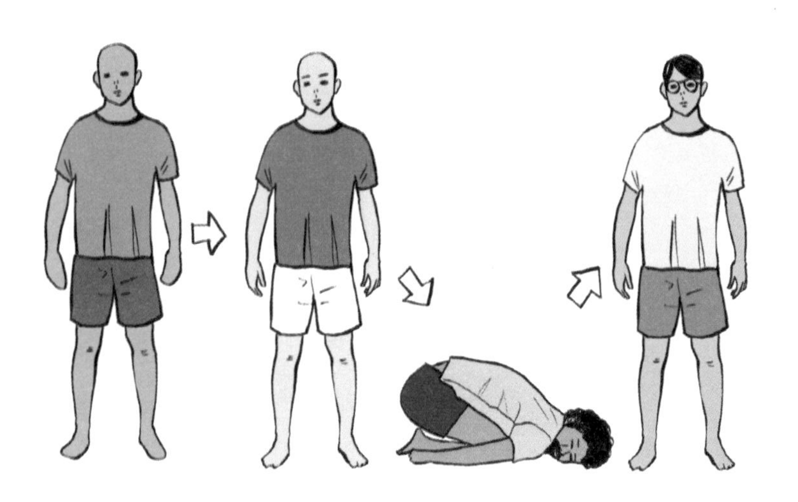

서기 2438년, 인간은 진화되어 가공인과 자연인이 함께 공존하는 사회를 형성했다. 가공인은 식물인간과 인조인간을, 자연인은 잉여 인간과 아침형 인간을 일컫는 말로 네 가지 유형으로 분류된 인간들 사이에는 계급이 형성되었다. 계층의 최정점에 있는 이들은 아침형 인간들로 모든 하류 인간들의 우두머리이자 모든 권력을 쥐고 있는 지배 계층이었다.

미스터 그린은 천민층인 식물인간으로 태어났다. 식물인간이 평생 동안 해야 하는 일은 상류 계층의 인간들을 위해 대기의 산소를 정화시키거나, 광합성을 해 열매를 생산하는 일이었다. 마치 바다의 플랑크톤과 같은 이들은 그저 다른 인간들을 위해 영양을 공급하는 일이 삶의 목적이었다. 식물인간은 수명이 다할 때까지 다른 인간을 위해 산소와 식량을 만들었고, 자신들의 일을 숙명으로 받아들였다. 하지만, 미스터 그린은 달랐다. 그는 자신의 녹색 피부를 증오했고, 자신의 세상을 벗어나고 싶었으며 아침형 인간이 되고 싶었다.

그는 오리발 연금술사를 찾아가 말했다.

"어떻게 하면 아침형 인간이 될 수 있습니까?"

"음. 자네, 제대로 된 인간이 되고 싶은 게로구나. 네 눈을 보니 이전에 찾아왔던 한 소년이 기억나는군. 그 아이도 너처럼 맑은 초록빛 눈동자를 가지고 있었지. 그 아이도 어떻게 하면 아침형 인간이 될 수 있는지 내게 물었네."

오리발 연금술사가 말했다.

"아침형 인간이 될 수 있다는 말입니까?"

미스터 그린이 되물었다.

"그래, 방법은 있지. 나는 세계 최고의 오리발 연금술사니 식물인간 하나쯤 아침형 인간으로 만드는 것쯤은 어려운 일이 아니야. 어떻게 하면 되냐고?"

"식물인간이 바로 아침형 인간이 되는 것은 불가능해. 천천히 단계를 밟아 나가야 하는 거지. 먼저 인조인간이 되고 그다음 잉여 인간이 되고, 최종적으로 아침형 인간이 되는 거지. 너는 지금 식물인간이니 먼저 제대로 된 형체를 갖기 위해 인조인간이 되어야 해."

"지금 당장 저를 인조인간으로 만들어 주십시오."

"후. 서두를 거 없어. 부모님께 인사드리고 다음 날 찾아오게. 이제 평생 너를 만날 수 없을 테니."

다음날 이른 아침 미스터 그린은 오리발 연금술사를 찾

아갔다. 오리발 연금술사는 이미 인조인간화를 위한 준비를 마치고 느긋하게 커피를 마시고 있었다.

"왔는가? 자, 여기 준비한 쑥과 마늘, 비타민 B12, D, A, C를 미네랄 워터와 함께 모두 먹도록 하게. 그리고 온몸에 여기 자외선 차단 크림을 바르고 누워있어. 다 되었으면 알려주게. 난 남은 커피를 마저 마셔야겠네."

잠시 후 미스터 그린이 말했다.

"오리발 연금술사님, 준비가 다 되었습니다."

"음. 자외선 차단 크림 골고루 잘 발랐는가? 그럼 지금부터 네 흐느적거리는 피부 위에 내가 특수 제작한 진흙을 바를 거야. 그리고 가마 불에 48시간 동안 구워내면 넌 인간의 형체를 갖게 되지. 나머진 그 이후에 말해주겠네."

정확히 48시간이 지나자 오리발 연금술사는 미스터 그린을 가마에서 꺼냈다.

"이봐, 정신 차리고 일어나게. 넌 이제 인간의 형체를 갖게 되었어."

잠에서 깬 미스터 그린은 자신의 연한 살구색 피부를 보며 울음을 터트리고 말았다.

"감사합니다. 오리발 연금술사님."

"아직, 감사하려면 멀었어. 지금 넌 화학 재료와 인공 피부를 덧입고 일어난 한낮 인조인간일 뿐. 잉여 인간이 되려면 이제부터가 중요해. 제대로 하지 않으면 평생 잉여 인간의 아바타로 살게 될 것이다."

"자, 잘 들어. 잉여 인간이란 본질적으로 아무짝에도 쓸모없는 인간. 떨거지 인간을 말하지. 일을 하거나, 뭔가 생산적이고 창의적인 일을 한다면 절대 잉여 인간이 될 수 없어. 잉여가 되기 위해서는 머리를 쓰면 안 된다. 머리를 굴리거나 조금이라도 뇌에 무리를 주게 되면 그 순간 너는 끝장이야. 가만히 누워서 집 천장만 바라보고, 시간 되면 밥 먹고, 체력이 떨어지지 않도록 방에서 뒹굴고, 뒹굴다가 졸리면 자면 되는 거야. 그저 사육된 돼지처럼 이런 생활을 2년간 해야 한다. 정확히 2년 후 내가 찾아가겠다."

미스터 그린은 오로지 아침형 인간이 되겠다는 신념 하에 철저하고 착실한 잉여 생활을 보냈다. 겉보기에도 완벽한 잉여 인간이 되어가고 있었다.

시간이 흘러 2년 후, 오리발 연금술사가 찾아왔다.

"자, 어디 한번 볼까?"

연금술사는 미스터 그린을 꼼꼼히 관찰하기 시작했다.

“음, 두뇌의 주름이 모두 일자로 펴지고 동공은 매가리가 없어. 체지방 함량 60%, 근육량도 형편없고…. 모두 정상이야. 축하하네. 넌 잉여 인간이 되었다. 아주 완벽한 마스터피스야.”

“감사합니다. 이제 정말 마지막 단계만 남았군요.”

“그래, 그동안 수고했다. 이제 정말 막바지에 이르렀다. 방심하지 말고 잘 듣게. 아침형 인간이 되는 법을 말이야.”

“매일 새벽 5시에 일어나게. 그리고 아무의 방해도 없는 새벽에 홀로 일어나 가벼운 체조로 일과를 시작하고, 30분간 아침 명상을 하게. 그리고 감사한 마음으로 하루에 대한 완벽한 계획을 세우고, 꿈꾸는 미래를 위해 하루하루 건설적인 삶을 살아가게. 그렇게 2년을 보내고 나면 너는 아침형 인간이 될 것이네.”

2년 후, 미스터 그린은 아침형 인간이 되지 못했다. 그리고 오리발 연금술사를 찾아야겠다.

“오리발 연금술사님, 일자로 펴진 제 두뇌로는 아침형 인간이 되기란 불가능합니다. 이전에 말씀하셨던 저와 눈동자가 닮은 소년은 어떻게 되었습니까?”

미스터 그린은 하소연하며 말했다.

오리발 연금술사가 말했다.

"음. 그는 잉여 짓을 계속하며 게으름 피우다가 결국 소가 되어 창신 목장에 끌려갔다네."

피넛 버터

잠에서 깨어보니 나는 피넛 버터가 되어있었다. 땅콩을 갈아서 설탕과 소금을 넣고 만든 갈색 스프레드 말이다. 왜 하필이면 딸기잼이나 누텔라가 아닌 피넛 버터가 되어 버린 것일까? 내가 망연자실하고 있는 동안 전화벨이 울렸다. 이런 여자 친구다. 오늘은 모처럼 데이트 날이고, 우리는 도심에 있는 동물원에 가기로 했다. 이를 뭐라고 설명해야 할까?

수없이 울려대는 벨 소리에 나는 망설이다 전화를 받았다.

"왜 이렇게 연락이 안 돼?"

그녀가 말했다.

"음, 있잖아. 문제가 생겼어."

"뭐가? 빨리 나와. 자기가 좋아하는 감자 크로켓까지 사 왔다고."

"내가 말이야. 피넛 버터가 됐어."

"이런, 왜 하필 오늘 같은 날 피넛 버터가 된 거야?"

"어쩔 수 없지. 피넛 버터가 되어 버렸으니 데이트는 취소해야겠어."

"괜찮아. 피넛 버터와 데이트라니 근사하잖아? 게다가 바게트와 식빵까지 사 왔으니 정말 낭만적이고 맛있는 데이트가 되겠어."

이렇게 우리의 데이트가 시작됐다. 그녀는 내가 떨어지지 않게 양손으로 잡고 동물원을 돌아다녔다. 손발이 없어졌지만, 그녀의 손에 있으니 나쁘지만은 않았다.

우리는 함께 곰과 기린, 코뿔소를 구경했다. 우리에 있는 브라질 고양이와 이집트 돼지도 구경했다.

그녀가 말했다.

"이제 슬슬 배가 고픈데 말이야, 피넛 버터 샌드위치라도 만들어 먹고 싶은데 괜찮겠어?"

"응, 뭐 샌드위치 한 두 장 정도는 괜찮을 거 같아. 아직 양도 충분하고."

그녀는 피넛 버터, 정확히 말하면 피넛 버터화 된 나를 식빵에 골고루 발랐다. 그리고 한쪽에는 딸기잼을 발라 젤리 샌드위치를 만들었다. 딸기잼의 물컹한 감촉과 그녀의 타액이 뒤섞여 나를 뒤덮었다. 나는 이내 그녀의 입속에서 부서져 위장으로 넘어갔다. 이런! 그녀의 속살까지 보게 되다니.

"이봐, 너 위장이 참 크고 깨끗하다. 정말 아름답고 미끈한 내장인걸?"

나는 말했다.

"응, 내가 식단 관리를 잘하잖아."

그녀는 연속으로 두 개의 샌드위치를 만들어 먹었다. 피넛 버터는 아직 4/5 정도 남아 있었고, 우리가 행복한 시간을 보내기에는 충분한 양이었다.

바로 그때였다. 원숭이의 공격이 시작된 것이.

원숭이는 그녀의 무릎에 놓여 있는 나를 낚아채서 원숭이 우리 안에 던져버렸다. 내가 담긴 유리병은 산산이 조각났고, 피넛 버터는 사방으로 튀어 원숭이 우리를 뒤덮었다. 원숭이 무리는 굴속에서 나와 피넛 버터 주변으로 모여들었다. 나는 원숭이 무리 속에 둘러싸여 생각했다.

"이제 정말 끝장이다. 안녕!"

명탐정 김도난과 괴도 최복례, 특공 작전

지구방위대 산하 국립합동과학 수사본부, 나팔.

"저희 나팔에서 명탐정 김도난 님을 부른 것은 지금 저희로서도 손쓸 수 없는 상황에 처했기 때문입니다. 정체불명의 악당이 나타나 사람들을 잡아가고 동물들을 먹어 치우는 등 심각한 범죄를 저지르고 있습니다. 우리는 그를 '붉은 여우'라고 부르고 있죠. 그동안 우리 본부가 CIA, 일본 경시청, MI6와 합동 수사를 벌였으나 성과가 없었습니다. 녀석은 종적을 감췄습니다."

"음… 그렇군요. 잘 부르셨습니다. 저는 명탐정 김도난. 해결하지 못할 일이 없죠. 맡겨만 주세요."

김도난이 말했다.

"그리고… 한 사람을 더 불러 왔습니다. 아마 명탐정 김도난 님과 파트너가 되어 움직일 사람입니다."

본부 사무실 블라인드 뒤로 익숙한 실루엣이 나타났다.

"아니, 너는! 괴도 최복례?"

"네, 저희가 불렀습니다. 저희도 선택의 여지가 없었어요. 괴도 최복례는 범죄자이기 전에 전술, 전략에 능한 천재입니다. 붉은 여우를 잡기 위해 꼭 필요하다고 판단했죠. 이번 한 번은 두 분께서 파트너가 되어 움직여 주시기 바랍니다.

명심하세요. 지구의 평화가 걸린 일이라는 것을."

"그런데 어떻게 최복례를?"

김도난이 말했다.

"훗, 난 항상 예고장에 이메일 주소를 남겨두지. 남겨둔 내 이메일 주소를 보고 지구방위대의 연락을 했다. 다급한 요청에 차마 거절할 수 없었지 난 예의 바르고 친절한 괴도 최복례니까."

최복례가 말했다.

이렇게 명탐정 김도난과 괴도 최복례의 비밀 작전은 시작되었다.

"이제 어떻게 할 건가?"

최복례가 김도난에게 말했다.

"훗, 상대는 붉은 여우! 다 방법이 있지. 여우를 잡으려면 여우굴에 들어가야지."

김도난은 확신에 찬 목소리로 말했다.

"여우가 가장 좋아하는 것은 프렌치프라이! 그중에서도 맥도날드 프렌치프라이라면 환장을 하지. 여우굴에 프렌치프라이 덫을 놓고 기다리기만 하면 돼. 최복례 넌 잊지 말고 케첩을 충분히 챙기게. 붉은 여우는 케첩이 뿌려진 프렌치프라이만 먹는다."

검붉은 해가 뉘엿뉘엿 떨어지고 있는 저녁 8시.

명탐정 김도난과 괴도 최복례는 프렌치프라이 덫을 놓고 잠복해 있었다.

"이게 과연 먹힐까?"

최복례가 말했다.

"걱정하지 마라. 이제 곧 냄새를 맡은 붉은 여우가 굴에서 나올 것이다."

김도난이 말했다.

말을 마치지 말자 붉은 여우가 나타났다. 고개를 돌려 주변을 살피더니 이내 프렌치프라이 쪽으로 다가온다.

"이때다! 최복례! 여우를 잡아!"

김도난이 외쳤다.

괴도 최복례는 온몸을 날려 여우의 꼬리를 잡았다.

"잡았다! 내가 꼬리를 잡았어!"

"잘했다! 최복례. 제법 쓸만하구나. 붉은 여우는 꼬리를 잡으면 힘을 쓰지 못한다."

저녁 8:18분. 붉은 여우는 명탐정 김도난과 괴도 최복례 손에 붙잡혔다. 그리고 지구는 평화를 되찾았다.

중2병

“너의 사랑으로 내 심장을 저격해줘. 나의 타오르는 선샤인. 너의 눈부신 눈동자만이 나를 제어할 수 있는 유일한 구속구. 너만이 나에게 남은 유일한 희망이야.”

“하지만, 대지의 전령이 우리의 사랑을 질투하고 있는걸요. 마주칠 수 없는 달과 태양처럼 이제 헤어질 수밖에 없어요. 정해진 운명을 거스를 수는 없어요. 당신은 지금 약속의 땅으로 떠나세요. 저는 이곳에 남아 왜곡된 시간과 공간을 바로잡아야 해요. 시간의 흐름 속에 몸을 맡기고, 은총의 빛으로 나아간다면 우리는 언젠가 다시 만날 수 있어요. 서두르세요. 오리콘의 결계가 닫히기 전에.”

“클리오스, 지금 우리가 잠시 떨어져 있지만, 우리가 시작한 위대한 사랑의 불꽃은 영원히 시들지 않을 거야. 황혼의 허상이 지평선의 경계에 닿을 때, 우리를 연결시키는 생명의 캡다이스가 빛을 발하기 시작할 거야. 그때 내가 그대의 영혼을 되찾으리.”

“당신은 내게 한 줄기의 빛, 월광에 빛나는 테리우스, 세상이 끝에서 찾은 내 영혼의 반려자. 신의 대리인이여, 성자의 용사여, 부디 베론의 오만한 광기를 멈추게 해주세요. 그의 검은 피를 차게 식혀 혼돈의 장막을 거둬주세요.”

"내 뜨거운 심장을 걸고 약속하겠소. 내 안에 봉인된 드래곤 하트의 족쇄를 풀고, 불의 심연에 잠들어 있는 전설의 마검, 라쿤타이를 되찾아 마물 가네트 베론의 머리를 베어올 것이요."

"하지만, 조심하세요. 베론이 카이로스를 소환한다면 이 세상도 끝나버리고 말아요. 그가 새로운 육신을 덧입어 더욱 강력한 어둠의 군대를 불러오기 전에 봉인해야 합니다."

"명심하겠소. 이제 곧 어스름한 황혼의 때가 다가오고 있소. 어둠의 혼령이 섀드 우드 숲에 가득 차기 전 어서 자리를 떠나시오."

"네, 헤어짐은 또 다른 만남의 시작이라지요. 또 다른 시간대에서 운명적인 마주침을 기약하며. 아디오스."

방탕 커피

나는 아직 살아있다. 피넛 버터인 채로 말이다. 다행히 그녀가 지나가던 동물원 시설관리인에게 말해 원숭이 밥에서 벗어 날 수 있었다.

그녀가 말했다.

“최대한 모아 보려고 했는데 워낙 피넛 버터가 사방으로 튀어서 말이야. 하지만 이걸로 절반 정도 채웠으니 당분간은 안심이야. 그리고 걱정하지 말라고. 오늘은 내가 직접 피넛 버터를 만들 생각이니까.”

그녀는 내 모자란 피넛 버터를 직접 만든 수제 피넛 버터로 대체할 생각이었다.

“음, 생각보다 훨씬 괜찮은 아이디어인데?”

나는 말했다.

그녀는 땅콩 600g과 올리브오일 그리고 올리고당과 소금을 준비했다. 땅콩 껍질을 벗기고 커다란 프라이팬을 꺼내 볶았다. 그녀는 볶은 땅콩과 준비해온 모든 재료를 넣고 믹서기에 힘껏 갈아버렸다. 2분 정도 지나니 내가 보기에도 먹음직스러운 피넛 버터가 만들어졌다. 묽지도 단단하지도 않은 아주 적당한 농도에 이제 막 채굴해 가공한 금강석과 같은 빛깔, 백사장의 모래와도 같은 고운 입자를 가진 훌륭한 피넛 버터였다. 맛으로는 나보다 더욱 맛있을지 모르겠다.

그녀는 나를 담은 투명 플라스틱 용기에 갓 만든 수제 피넛 버터를 붓고 수저로 휘저었다. 나는 새로운 피넛 버터와 혼연일체가 되었다.

"자, 이제 새로운 피넛 버터가 되었으니 데이트라도 하러 갈까? 이번에 개방한 크리스 말론의 영화를 보고 싶은데 말이야."

우리는 영화관에 갔다. 그녀는 팝콘을 시켜 영화를 보면서 나를 찍어 먹었다.

"팝콘에 피넛 버터라니, 정말 기발하지 않아? 맛도 정말 기발한 맛이야. 왜 이전엔 피넛 버터에 팝콘을 찍어 먹을 생각을 못했지?"

영화는 생각보다 괜찮았다. 주인공도 살아남았고, 이혼한 부인과 재결합했다. 그녀도 만족한 것 같았다.

"영화를 봤더니 배가 출출한데? 식사라도 하러 가야겠어."

우리는 영화관 근처에 있는 순두부 찌개집에 들어갔다. 갓 지은 고슬고슬한 밥에 얼큰한 순두부찌개가 잘 어울리는 잘 알려지지 않은 맛집이었다. 그녀는 밥에 피넛 버터를 발라 비볐다.

“음, 이렇게 먹으니, 간장 버터 밥도 울고 가겠는걸? 정말 고소하고 맛있어.”

그리고 그녀는 순두부찌개에 피넛 버터 두 스푼을 넣으며 말했다.

“이렇게 먹으니 또 색다른데? 마치 일본식 탄탄멘같은 맛이 나면서도, 한식 고유의 풍미가 더해지는 느낌이랄까?”

식사 후 우리는 커피숍에 갔다.

그녀는 아메리카노를 주문했고, 나는… 그저 피넛 버터일 뿐이다. 난 그저 그녀의 손에 들려 그녀가 주문하는 모습을 바라볼 뿐이었다.

그녀는 주문한 아메리카노에 피넛 버터 한 스푼을 넣어 마셨다.

“커피에 피넛 버터를 넣어 마시니, 티베트 고원에서 마시는 방탄 커피보다 맛있네.”

“미안해.”

그녀가 말했다.

“뭘?” 나는 대답했다.

“이 맛있는 것을 혼자만 먹어서.”

록스타

"제대로 된 음악이 듣고 싶으면, 60년대에서 70년대를 관통한 밴드의 음악을 들어 보는 게 좋아." 그녀는 내게 레드 제플린의 테이프를 건네며 이렇게 말했다.

사실 음악 따위 아무래도 상관없었다. 원래 관심도 없었으니까. 취미가 뭐냐고 묻는 말에 적당히 '음악 감상'이라고 둘러댔더니 그녀는 다음날 레드 제플린의 오래된 앨범을 내게 선물로 준 것이다. 하지만, 나는 레드 제플린을 듣지 않았다. 아니, 들을 수 없었다. 카세트 플레이어가 없었기 때문이다.

당시에는 알 수 없었다. 이 레드 제플린 테이프 하나가 내 삶에 어떤 영향을 미쳤는지 말이다. 테이프 하나를 선물 받았다고 나와 그녀와의 관계가 발전된 것도 아니고, 음악에 대한 관심이 커지거나, 삶에 대한 열정이 생긴 것도 아니다. 하지만, 돌이켜보면 이 테이프가 건조했던 내 삶에 작은 불씨가 되어 변화를 가져온 건 사실이다.

이제 막 고등학교를 졸업한 시점, 버스에서 흘러나오는 FM 라디오를 우연히 듣게 됐다. 라디오 진행자는 "자, 그럼 이번 곡은 XX님께서 신청해 주신 레드 제플린의 블랙독입니다."라는 멘트와 함께 레드 제플린의 노래를 틀었다.

나는 순간 버스 스피커를 통해 들려오는 기타 소리에 모든 감각을 집중했고, 이날 버스 뒷좌석에 앉아 이런 생각을 하게 됐다.

'록스타가 되고 싶다.'

다음날 나는 밴드 멤버 구인 광고를 보고 한 언더그라운드 밴드를 찾아갔다.

"록스타가 되고 싶습니다. 록 음악은 잘 모르지만 한번 해보고 싶습니다."

가죽 재킷과 가죽바지를 입은 장발의 사내는 물끄러미 나를 쳐다보더니 한동안 말이 없었다. 순간적이지만 그 침묵의 무게를 견디지 못한 나는 식은땀을 흘리고 있었다. 그는 굳게 다물었던 입을 천천히 열며 이렇게 말했다.

"합격! 내일부터 밴드로 들어와."

"네?" 물론 합격이라는 말을 간절히 원하고 있었지만 대화는 전혀 예상치 못한 방식과 방향으로 흘러가고 있었으므로 나는 재차 확인할 수밖에 없었다.

그는 이렇게 말했다.

"너 록스타에게 가장 중요한 자질이 뭔지 알아? 그건 말이야. 스피릿이야, 스피릿. 우리는 그것을 '록 스피릿'이라고 부르지. 록을 하기 위한 3가지 스피릿이 있어. 첫째, 시대에 대한 저항 정신, 둘째, 자유에 대한 갈망, 마지막으로 가장 중요한 헝그리 정신. 이 모든 것을 한 번에 지닌 사람은 극히 드물어. 이 모든 것을 갖춘 자를 우리는 '원따우전드 밀리언'이라고 부르지. 1억 명 중에 한 명꼴로 나타난다는…."

그는 입에 담배를 물며 말을 이어 갔다

"너에게는 당돌한 태도에서 느껴지는 저항 정신과 갓 출옥한 죄수와 같은 자유분방함이 있어. 게다가 남루한 차림새, 보잘것없고 지저분한 외모, 들어 보면 가난함이 배어 나오는 말투, 너를 보는 순간 이놈은 '순수 100% 헝그리다'라고 생각했지. 이제껏 수많은 로커를 만났지만 내면의 기저에까지 가난함이 묻어 나오는 사람은 네가 처음이다. 가난함을 온몸으로 발산하고 있어. 너는 말이야… 원따우전드 밀리언이다."

이렇게 나는 밴드의 일원이 되었다. 언더그라운드 밴드답게 우리는 항상 지하실에서 음악을 했다. 사실 돈이 없기 때문이지만 밴드의 리더, K는 항상 헝그리 정신을 강조했다. K는 굶주리며 곡을 썼고, 멤버들은 굶주리며 곡을 연주했다. 그리고 이를 반복하기를 5개월. 결국 K는 자신의 모든 창의력을 소진해 명곡을 작곡하고야 말았다.

곡명 'The rich'

곡의 전주 첫마디를 듣는 순간 내 눈에서는 눈물이 흐르고 있었다. 육중하면서도 섬세한 기타 리프, 재빠른 비트 속에 천천히 흘러가는 베이스 라인, 몽환적인 코드 진행 속에 선명히 들리는 멜로디, 황제의 개선 행진곡을 연상케 하는 경쾌함 속에 느껴지는 이별의 아련함. 과히 들어본 적이 없는 명곡이었다. K는 이 곡을 내게 주며 말했다.

"이제부터 밴드는 네가 책임진다."

그리고 그의 말대로 내가 밴드를 책임지게 되었다. 멤버들은 영양실조로 병원에 입원했고, K는 종적을 감췄다. 이 곡은 세상에 발표되지는 않았다. 내가 아무리 원밀리언따우전드라도 혼자 할 수 있는 일은 아무것도 없었다. 선장을 잃은 밴드는 시간이 흐르자 자연스럽게 해체됐고 나는 평범한 일상으로 돌아갔다. 그리고 한 카페의 종업원으로 취직했다.

이렇게 3년이라는 시간이 흘렀고, 어느 햇살 좋은 출근길에 우연히 K와 마주쳤다. 이전의 모습은 찾아볼 수 없었다. 긴 생머리는 짧고, 단정하게 다듬어져 있었고, 가죽 재킷과 가죽바지 대신 트랙 트레이닝복 차림에 트랜디한 흰색 스니커즈를 신고 있었다.

그는 내게 아직 음악을 하고 있느냐 물었다. 나는 K가 사라진 뒤 밴드에 일어난 일들에 관해 설명했고, 그는 고개를 끄덕이며 잠시 동안 말이 없었다. 그리고 내 눈을 바라보며 이렇게 말했다.

"너 말이야, 힙합 스피릿이 뭔지 알아? 시대에 대한 정신, 자유분방함, 그리고 헝그리 정신이지. 힙합은 말이야, 그 모양새는 달라도 록 음악과 그 궤를 같이하고 있어. 넌 말이야, 선천적인 힙합 스타의 자질을 타고났어. 우리 힙합 크루로 들어와라."

이사

"왜 나와 함께 있는 거지?"

내가 물었다.

"그건 제가 자주 이사를 하기 때문이에요."

그녀가 말했다.

"저는 반드시 2년에 한 번은 이사하죠. 이 동네 살면서도 이사를 3번 했어요."

나는 이사의 이유에 관해 묻지 않았다. 입꼬리가 살짝 올라간 그녀의 입술을 바라보다 커피가 식기 전 한 모금 더 마셨다. 그녀는 설명을 이어 갔다.

"당신도 내가 왜 이사를 하는지 궁금한가요?"

"뭐, 상관없어. 말하고 싶지 않으면 말 안 해도 돼."

"뭐랄까, 제가 이사를 하는 것은 단순한 기분전환 때문만은 아니에요. 하나의 의식이라고 해야 하나. 저는 이사라는 행위를 통해 저를 비우는 거예요. 마치 수도승이 명상을 통해 무아의 상태에 이르는 것 같이 저는 이사를 통해 정기적으로 물건을 버리고, 마음에 가득 찬 불필요한 관념이라든가 생각 따위를 비우는 거죠. 여러 가지 방법을 써봤는데, 이사를 하는 것이 가장 효과적이었어요."

"2년에 한번, 모든 것을 초기화 하는 거예요. 인생 리셋이라고 보면 돼요. 새로운 장소에서 새로운 사람들과 새로운 인생을 다시 시작하는 거예요. 이사를 하면 많은 것들이 소멸해버리죠. 탁자라든가, 램프, 쌓여있던 서류나 책들 말이에요. 사람들도 마찬가지예요. 저는 이사할 때마다 휴대폰도 새로 바꿔요. 이때 이전 휴대폰에 있는 정보들은 신경 쓰지 않고 그대로 처분해 버리죠. 사진이라던가 메시지, 연락처같은 것들이요. 이사와 함께 그대로 사라지는 거예요."

"그럼, 사람들과 연락한다던가 만나는 일은 전혀 없는 거야?"

"정말 필요하고 중요한 사람이면 다시 연락하더라고요. 연락이 오면 연락처를 저장해 두죠. 저는 기억력이 그다지 좋지 못해 저장해 두지 않으면 불편하거든요. 하지만 스쳐 지나갔던 수많은 사람의 연락처는 이미 오래전에 사라져 버렸어요. 이렇다 보니 지금은 5개의 연락처만 남아 있게 된거죠. 그중 하나가 당신인 거고…."

"그게 지금 제가 당신을 만나고 있는 이유죠."

평범한 인생

내 이름은 구보통. 아버지께서는 내게 평범한 삶을 살라는 의미로 '보통'이라는 이름을 지어주셨다. 아버지께서는 항상 평범한 인생을 강조하셨다. '덜도 말고, 더도 말고' 이것이 우리 집의 가훈이자 아버지의 가르침이었다. 할아버지께서는 과감한 주식투자로 거대한 부를 축적했지만, 또한 과감한 주식투자로 모든 돈을 다 잃고 정신적 충격을 받아 돌아가셨다고 한다. 이 일을 계기로 아버지께서는 그저 평범하게 삶을 살아가는 것이 행복한 것임을 알게 되었다고 하셨다.

나는 어려서부터 평범하게 되려고 노력했다. 학교에서 아이들이 검은 패딩을 입고 오면 나 또한 같은 패딩을 사서 입었다. 학교 성적 또한 항상 중간 상태를 유지했다. 시험을 볼때는 알고 있는 문제도 일부러 틀리게 작성했다. 성적이 잘 나오면 평범함에서 벗어나기 때문이었다. 친구들이 즐겨보는 드라마나 영화는 반드시 보았고, 남들이 맛있다는 맛집은 반드시 찾아갔다. 보통 수준의 성적을 유지했기 때문에 대학교도 중위권 대학에 들어갔다. 대학에서도 남들이 하는 보통 대학 생활을 보냈다. 적당히 공부해서 적당한 학점을 받고, 사람들이 가장 많이 몰리는 대학 동호회에 들어가 활동도 하고, 남들이 하는 미팅 자리에도 여러 번 나가 보통 외모를 가진 보통 여자 친구도 사귀었다. 모든 것이 평범하기 그지없는 완벽한 보통 인생이었다.

하지만, 이런 완벽한 인생은 하루아침에 무너졌다. 대학 졸업 후 평범한 중소기업에 지원해 합격했는데 1달 뒤 출근해 보니 국내 굴지의 기업에 합병되어 대기업이 되어 버린 것이다. 나는 괴로웠다. 평생을 평범하게 살아왔다. 그리고 이 신념을 지키기 위해 평생을 노력했다. 하지만 지금 나는 최상위 1%의 학생들만 갈 수 있다는 초거대 대기업 사성그룹사의 정직원으로 근무를 하게 된 것이다. 나는 아버지께 찾아가 조언을 구하기로 했다.

"아버지, 죄송합니다. 평범하게 살고 싶었는데 너무 좋은 회사에 취직하고 말았습니다. 평균 대졸자 연봉보다 4,500만 원이나 더 높은 국내 최고의 회사에 들어가다니…. 이제라도 퇴사를 하고 평범한 중소기업에 들어가 만년 과장으로 평범하게 살다가 은퇴하겠습니다."

아버지는 말씀이 없으셨다. 그는 묵묵히 새우깡을 먹으며 소주병을 비웠다. 그의 눈가에는 눈물이 흐르고 있었다. 아버지는 소매로 눈물을 훔치며 이렇게 말씀하셨다.

"아니다. 너는 그 회사에 충실이 다녀라. 이것이 바로 내가 바라던 삶이다. 너는 삶으로 이것을 증명해 냈다. 이제야 너는 내 진정한 가르침을 알게 된 것이다."

"네, 그게 무슨 말씀이시지요?"

내가 물었다.

아버지께서 대답하셨다.

"보통아, 평범함이 가장 큰 비범함이란다."

크리미

"저런, 피넛 버터가 되어버리다니. 그럼 네가 갖고 있는 성검절설 3 게임 시디와 그란 투리모스 6 초회 한정판, 에이브릴 라빈 대형 브로마이드는 내가 가져갈게."

"이봐, 아무리 친구라고 하지만 그건 아닌 것 같은데?"

내가 말했다.

그가 대답했다.

"응. 하지만 피넛 버터가 사람이 되었다는 얘기는 들어본 적이 없어서…."

"이런 물건들이 이 지저분한 방에 그대로 방치되고 있다는 건 범죄나 마찬가지야."

녀석 말이 맞다. 한번 피넛 버터가 되면 영원히 피넛 버터로 살아가야 하는 거다.

"그런데 말이야, 너. 크리미 쪽이냐, 아니면 크런치 쪽이냐? 난 땅콩이 씹히는 쪽이 좋은데…."

"피넛 버터를 친구로 두려면 아무래도 크런치 쪽이 좋겠어."

"글쎄 나도 나를 먹어 본 적이 없으니."

정말이다. 피넛 버터의 삶도 이제 익숙해졌지만, 어떤 종류의 피넛 버터인지 생각해 본 적이 없었다. 나를 먹어 본 것은 아직까지 그녀와 원숭이들밖에 없었으니까.

나는 그녀에게 전화를 걸었다.

"솔직히 알려줘. 나는 어떤 쪽이지?"

내가 말했다.

"당신은 100% 크리미 쪽이에요. 아주 완벽한 크리미."

그녀가 대답했다.

"그래서 당신을 밥에 비벼 먹으면 맛이 좋은 거예요. 밥 먹을 때 뭔가 까끌까끌한 것이 씹히면 좀 그렇잖아요?"

나는 그에게 말했다.

"나는 크리미야."

"뭐? 크리미? 이런 계집애 같은 녀석. 크리미가 되어 버리다니…. 당장 뚜껑을 열어 땅콩믹스 한 사발을 부어 버리고 싶군!"

그는 실제로 믹서기에 땅콩을 부어 갈아버리고 있었다.

그가 말했다.

"이왕 내친김에 해바라기 씨와 건조 크랜베리도 넣어야겠어."

"이봐, 이상한 짓 하지 말라고!"

딩동!

때마침 그녀가 찾아왔다.

"내 피넛 버터에 이상한 짓 하지 말라고요! 전 아기 피부처럼 매끄럽고 솜털처럼 부드러운 크리미가 좋단 말이에요!"

행복 주식회사

주식회사 구철제약의 대표 구철복, 그는 마약 제조상의 대표다. 그는 특수 식용 마약 카르니틴을 제조해 식품 업체에 납품한다. 카르니틴은 중독성이 약하고, 인체에 무해하면서도 식품에 넣을 경우, 부드러운 조직감을 만들면서 풍미 증진과 보전성이 향상된다는 소문이 퍼지면서 향미증진제와 산화방지제의 대체 물질로 각광 받게 되었다.

카르니틴을 넣어 만든 음식이 맛이 좋다는 것이 입소문을 타면서 카르니틴을 넣어 음식을 만드는 요식업체들이 우후죽순으로 나타났다. 거리에 눈만 돌려도 마약 김밥, 마약 떡볶이, 마약 피자, 마약 식빵, 마약 햄버거, 마약 도시락, 마약 김치찜 등 '마약'이라는 단어가 빠진 간판을 찾아보기 힘들 정도로 마약 카르니틴은 순식간에 퍼져 나갔다. 카르니틴의 원재료가 마약인 만큼, 한번 카르니틴이 들어간 음식을 맛본 사람은 계속해서 같은 음식을 찾게 됐고, 식당들은 발 다투어 카르니틴을 음식에 넣고 팔게 됐다. 심지어 '카르니틴 함량 2배'라는 현수막을 내걸고 장사하는 식당들도 생겨났다.

하지만, 시장에 카르니틴의 수요가 많은 만큼 절대적으로 공급이 부족했다. 카르니틴과 유사한 마약을 불법 조제해 유통하는 파는 업체들도 나타났다. 정부는 불법 마약을 단속하기 위해 명탐정 김도난을 긴급히 호출했고 김도난은 제보를 통해 불법 마약상을 급습했다.

"난 지옥까지 쫓아가 범인을 추적한다는 전설의 명탐정 김도난, 나에게는 도망보다는 자백이 빠르다. 불법 마약을 가져와라."

불법 마약상들은 숨겨둔 마약 30kg을 순수히 김도난에게 건넸다. 김도난은 마약을 살펴보고, 손가락으로 찍어 입에다 가져댔다.

"아니, 이 익숙한 맛은?"

"아 네, 사실 이건 밀가루입니다. 죄송합니다. 돈에 눈이 멀어 상표만 붙이고 마약처럼 유통했습니다. 하지만 이건 다 악덕 기업 구철제약 구철복 때문입니다. 그는 일부러 마약 생산을 줄여 유통을 줄인 뒤 높은 가격을 붙여 폭리를 취하고 있습니다. 저희는 구철제약의 독과점의 피해자들일 뿐입니다. 그리고 사실 카르니틴의 주성분이 밀가루로 밝혀졌으니, 사실 저희가 크게 잘못한 것도 없어요."

"그게 무슨 말이지?"

김도난이 말했다.

"저희가 사제 마약을 제조하기 위해 카르니틴의 성분을 분석해 보았으나, 밀가루 이외의 특별한 성분을 발견하지 못했습니다."

이 말을 듣자마자 명탐정 김도난은 구철제약에 찾아가 구철복 대표를 체포했다.

"구철복, 너의 행패는 다 들었다. 이 자본주의 사회를 어지럽히는 악의 축이여, 이제 법의 심판을 받을지어다. 학교 폭력, 불량식품과 함께 3대 사회악으로 지정된 가짜 마약을 유통해 사회를 어지럽히는 버러지 같은 녀석! 너를 가짜 마약 제조 및 유통 교란죄로 긴급 체포한다. 변호사를 선임할 수 있고, 잔말은 법정에서…."

"훗, 탐정 나리께서 아직 아무것도 모르시는군. 사실 카르니틴이란 물질은 원래 이 세상에 존재하지 않는 가상의 물질이오. 사실 지금 시판되고 있는 카르니틴의 성분은 중력분 밀가루에 비타민C, 그리고 식용색소 13호를 섞어 만든 밀가루란 말이오!"

"그럼, 시중에 마약 간판을 내단 식당들이 다 가짜란 말이냐? 사람들이 마약 맛에 중독되어 연일 식당 줄이 끊이지 않는 것은 어떻게 설명할 수 있지?"

명탐정 김도난은 당황해서 물었다.

구자철은 콧등으로 흘러내린 은색 안경테를 오른손 집게 손가락으로 올리며 침착하게 말했다.

“사람들을 음식에 의존하게 하는 것은 마약이 아니요. 공허한 그들의 마음일 뿐. 우리는 단순히 마약을 파는 회사가 아니요. 마음의 공허를 채워주고 삶을 윤택하게 해주는 사회적 기업이란 말이오. 우리는 역사에 이렇게 기억되고 싶소.”

“밀가루로 행복을 만드는 행복주식회사.”

카렌 제트 : 공습

평화로운 어느 날 아침, 우주 모함 10대가 나타나 하늘을 덮었다. 그리고 곧 지구를 공격하기 시작했다. 하늘에서 비처럼 내리는 광선은 대도시 20개를 순식간에 파괴했다. 한 시간이 지나자 국가 하나가 지구에서 사라졌다.

지구방위대 산하 융합 로봇 과학연구소 남 박사는 다급히 명령을 내렸다.

"지금 당장, 카렌을 출동시켜라!"

"소장님, 지금 카렌 발동 품의 올렸습니다. 그런데 지금 이사장님이 안 계신 데, 결재라인은 어떻게 할까요?"

"지금 이 상황이 안 보여? 이대로 가다가는 9시간 이내 지구는 멸망한다! 이 박사는 생략하고 사령관 전결로 마무리해!"

"박사님. 그런데 유일한 생존 파일럿, 강철구 요원은 이미 2년 전에 은퇴해서 없는데 어떻게 할까요?"

"이런 답답한 녀석. 이 나이에 내가 탑승하랴? 당장 전화해서 불러와!"

이름 강철구. 나이 67세, 前 카렌 파일럿.

2년 전 강철구는 동료들의 축하를 받으며 정년 은퇴했다.

평생을 공무원으로 지낸 그는 단 한 번의 지각도, 결근도 없는 성실한 직원이었다. 은퇴할 때는 성실한 공무원 구청장상 표창도 받았다. 직장 생활을 청산한 그는 부산으로 내려왔다. 대부분 시간은 맥도날드에서 보냈다. 오전에 커피 한 잔을 시켜 책을 읽고, 오후에는 햄버거 하나를 시켜 먹으며 스마트폰으로 오래된 드라마나 영화를 보았다. 같이 훈련을 받던 동료 파일럿 김점례, 박봉구는 이미 지병으로 세상을 떠났다.

여느 때처럼 그는 맥도날드 창가에 자리를 잡고 커피를 주문했다. 읽다 만 스티븐 킹의 소설의 페이지를 펼치려는 순간, 검은 정장 차림의 두 사내가 철구 앞을 가로 막았다.

"강철구 요원님, 같이 가 주셔야겠습니다. 문제가 생겼습니다."

"어? 은퇴한 지 좀 됐는데? 회사에 무슨 일 생겼어?"

"극비 상황입니다만 외계인이 지구를 공격했습니다. 상부에서는 요원님의 복귀를 기다리고 있습니다. 지금 같이 대전으로 가시죠. 이미 카렌 발동 품의가 올라갔습니다."

철구는 잠시 깊은 생각에 빠졌다.

"30년이 걸렸군. 실제로 카렌을 타보기까지…."

카렌 제트 : 오락실

강철구는 어려서부터 컴퓨터 게임에 대한 소질이 남달랐다. 그가 컴퓨터 게임을 처음 접한 것은 4살 때로 초등학생 사촌 형이 가지고 놀던 가정용 비디오 게임기를 몰래 하기 시작하면서부터였다. 강철구는 초등학생 때부터 본격적으로 동네 오락실에 다니기 시작했다. 그가 특히 재능을 보이던 게임은 대전 격투 게임 '스트리트 파이터'였다. 철구는 하루에 10시간을 오락실에서 보냈는데, 초등학교 3학년이 되자 이미 동네에는 자신을 이길 적수가 없었다. 철구는 게임 상대를 찾기 위해 전국의 모든 오락실을 찾아다니기 시작했다. 그는 초등학교 6학년 때 스트리트 파이터로 부산을 접수했고, 중학생이 되자 서울, 인천, 대구, 대전, 광주의 모든 오락실을 제패했다. 한국에는 더 이상 철구의 게임 상대를 찾지 못했다.

어느 날 고등학생 철구는, 스트리트 파이터의 제작사에서 세계 대회를 연다는 소식을 접했다. 이름하여 '스트리트 파이터 월드 챔피언십(SFWC)' SFWC는 전 세계에서 스트리트 파이터를 가장 잘하는 사람들이 모여 진행되는 토너먼트식 격투 경진 대회였다. 당연한 말이겠지만, 한국 대표로는 철구가 선발되었다. 오대양 육대륙에서 가장 게임을 잘한다는 사람들이 몰려들었지만, 게임 신동 철구를 당해낼 자는 아무도 없었다. 자신의 수족을 다루듯 가볍게 움직이는 조이스틱의 손놀림 속에 철구의 캐릭터는 화려한 필살기를 쏟아 부었고, 상대방은 가볍게 나가떨어졌다. 게임과 혼연일체가 되어버린 철구는 이미 이 세상 사람들이 이겨낼 상대가 아니었다. 대회 경과 10시간 후 경기장에는 애국가가 울려 퍼졌다. 철구가 월드 챔피언을 차지하게 된 것이다.

이런 철구의 대활약에도 불구하고, 철구의 우승은 크게 회자 되지 못했다. 그저 부산 지역 신문에 조그맣게 기사가 실렸을 뿐이다.

'부산 소년 철구, 오락 대회 우승'

철구의 게임 인생도 여기까지였다. 철구는 고3이 되었고, 부모님의 한 마디에 게임을 그만둬야 했다.

"철구야, 게임이 밥 먹여 주니?"

카렌 제트 : 파일럿

강철구, 나이 27세, 백수.

그는 백수다. 엄연히 말하면 그는 노량진 고시촌에 살면서 경찰공무원을 준비하는 취업 준비생이다. 학창 시절 자신의 모든 것을 오락실에서 쏟아부은 그가 사회에 나와 할 수 있는 일은 아무것도 없었다. 성적이 되지 않아 대학교는 진학하지 못했다. 그 대신 고교 졸업 후 노량진으로 올라와 지금까지 공무원 시험을 준비했다. 고시원과 공무원 학원만 오가는 반복 생활을 8년 동안 했다. 딱히 공부에 재능이 있는 것도 아니지만, 딱히 할 일이 없었다. 그간 2차례 필기시험에 붙었고, 2차례 체력시험에서 떨어졌다.

그는 학원 문밖을 나오다가 우연히 카렌 제트 파일럿 공개 모집 공고를 보게 되었다.

"카렌 제트, 로봇 파일럿 공개 모집."

〈모집 요강〉

과목 : 한국사, 로봇공학 개론, 행정법, 수학, 국어

필수조건 : 토익 900점 이상, 운전면허 1종 소지자

* SFWC (Street Fighter World Champion) 입상자 우대

그 아래에는 학원의 신규 과정 개설 안내문도 붙어 있었다.

"로봇 조종사의 꿈, 국가 인증 교육기관 XX 학원에서 현실이 됩니다."

"지금 신청하시면 기존 수강생에 한에 50% 할인!"

"SFWC 입상자라…. 붙을 리는 없지만, 지원이나 한번 해 볼까?"

띠리리. 띠리리.

"네, 강철구입니다."

"강철구 씨? 지원해 주신 카렌 제트 파일럿 지원 원서 잘 확인했습니다. 지금 바로 대전 엑스포 과학 공원으로 와주시기 바랍니다. 이곳 지하에 융합 로봇 과학연구소가 있습니다. 도착하셔서 인터폰 주시면 저희 요원이 안내해 드릴 겁니다."

20XX 년. 대전 소재. 융합 로봇 과학연구소.

"강철구 님은 오늘부로 카렌 제트의 파일럿으로 선발되셨습니다. 이미 대통령님의 허가도 떨어졌지요."

"네? 하지만 저는 아직 시험도 보지 않았는데요?"

"카렌 제트는 비밀리에 개발된 거대 로봇 병기입니다. 혹시 모를 외계의 침공 또는 테러에 대비하기 위해 만들어졌죠. 카렌 제트는 세계 각국의 기계공학, 전기전자공학, 인공지능, 컴퓨터과학 분야의 권위자들이 35년간 모여서 제작한 첨단 병기입니다. 높이 25m, 무게 75t, 최고속도 마하 4.5, 한계 고도 20,500m, 90,000마력의 거대 병기죠."

"인간 탑승형 거대 로봇 병기 개발의 핵심은 조종 시스템에 있습니다. 저희는 어떻게 이 거대 로봇을 정확히 조종할 수 있을까에 대한 연구를 했죠. 하지만 쉽지 않았습니다. 조종사의 신경을 로봇과 연결시켜 보았으나 싱크로 부작용으로 파일럿이 죽기도 하고, 원격 조종 장치를 달아보았으나, CPU에 제대로 신호가 전달되지 못해 오작동을 일으켰죠. 30년간 연구 끝에 우리는 가장 최적의 방식이 오락실 격투게임에서 볼 수 있는 커맨드 입력 방식이라는 것을 알게 되었습니다. 조종간을 조이스틱 형태로 만들어 마치 오락실에서 게임을 하듯 로봇을 움직일 수 있게 한 겁니다. 예를 들면 '↓↘→ + 펀치' 커맨드를 입력하면 카렌 어퍼컷이 발동되고, '↓↙← + 킥' 버튼을 누르면 특수 발차기 동작을 하게 되죠."

"즉 카렌을 제대로 조종할 수 있는 사람은 SFWC 챔피언인 강철구 씨라는 거예요. 저희는 이미 철구 씨의 게임대회 영상을 모니터링 했습니다. 단 한 번의 실수도 없었고, 기계처럼 정확하고 빠른 커맨드 입력으로 상대를 가볍게 제압하는 영상을 봤죠."

카렌 제트 : 격전

강철구 27세, 백수에서 카렌 제트의 파일럿으로 선발.

카렌 제트의 파일럿으로 선발된 요원은 총 3명으로 서울 출신 김점례, 제주 출신 박봉구였다. 그들은 3년간 숙박 훈련을 하며 혹시 모를 외계인의 공격과 테러 상황에 대비했다. 하지만, 실제로 카렌 제트를 가동시켜 움직여 본 적은 없었다. 전기 에너지를 동력으로 움직이는 카렌을 분당 130기가 와트로 5분간 가동하기 위해서는 한국의 모든 전력을 5시간 동안 끌어 써야 했기 때문이다. 모의 훈련을 위한 카렌 가동 허가 나오지 않았다.

그들은 시뮬레이션 장치에 탑승해 다양한 지구 공습 시나리오에 대해 훈련을 받았다. 혹시 모를 상황에 대비하기 위해 전술 특공대를 넘어서는 혹독한 훈련도 받아야 했다. 혹한기에는 히말라야 산맥에서 2달간 동계 전술훈련을 받았고, 혹서기에는 사하라 사막을 횡단하며 1달간 생존 훈련을 받았다.

하지만 지구에는 아무런 일이 일어나지 않았다. 35년간 평화가 지속됐고, 정권이 바뀌면서 융합 로봇 과학연구소에 대한 예산 지원도 삭감되었다. 3대의 카렌 중 한 대는 국립 로봇 박물관에 전시되었고, 한 대는 유지 보수 문제로 해체

되었다. 나머지 한 대만이 대전 엑스포 과학 공원 지하에 남겨진 채 언제일지 모를 출동 명령만 기다리고 있었다. 시간이 흐르면서 파일럿들도 65세 정년을 맞아 은퇴했고, 인간 탑승 병기 카렌 제트 프로젝트는 그렇게 잊혀 갔다.

강철구의 탑승.

"강철구 요원님, 괜찮으시겠어요? 조종간은 오랜만에 잡아보시죠?"

"걱정하지 마라. 평생을 잡아 온 조종간 레버다. 몸이 기억하고 있다."

"잠깐만 기다리세요! 요원님, 실전에 처음 적용하다 보니 카렌에 문제가 좀 생긴 것 같습니다. 왼쪽 팔 관절을 가동하는 파워 모터가 움직이지 않고, 배터리 문제로 전력량이 일정하지 않습니다. 이 상태로 그대로 카렌을 가동시키다간 순식간에 외계인의 밥이 될 겁니다."

"훗. 자네, 훈련 시나리오 72-4번을 기억하는가? 양팔이 잘리고, 배터리가 절전 모드인 상황에서의 전투 시나리오 말이야. 나는 그 시나리오에서 이미 32대의 거대 항모를 격침시켰고, 142명의 외계인을 사살했네."

“하지만, 그건 모의 훈련이었잖아요. 실전은 다를 수 있습니다.”

“우리에게 지금 대안이 있는가?”

“…”

“없다면, 바로 출동 준비를 시키게….”

35년 만에 카렌 제트의 눈은 빛을 발산하기 시작했다. 대지는 고요했으며, 철구의 마음은 평온했다. 이미 외계인의 거대 항모는 대전 하늘을 뒤엎고 있었다.

“카렌 제트 발동!”

철구는 이렇게 소리를 지르며 적을 향해 카렌 어퍼컷을 날렸다.

하지만, 이것이 최초이자 최후의 어퍼컷이었다. 갑자기 카렌 제트의 모든 전력이 끊긴 것이었다. 전력이 없는 카렌은 거대한 고철일 뿐이었고, 철구는 울부짖고 있었다.

카렌의 대시보드에는 긴급 메시지가 올라왔다.

‘카렌 제트 가동 품의- 사령관 결재 반려’

‘사유 : 전력 수급문제’

아지랑이

"8월 둘째 주의 정오가 되면 말이야, 그런 일들이 종종 일어나지. 아지랑이가 실체화되는 일들이 말이야…."

나는 그녀에게 조심스럽게 설명했다.

"하지만 모든 아지랑이가 나처럼 사람으로 형상화 되는 것이 아니야. 아스팔트의 표면이 끓기 직전까지 달궈지면, 쉐린의 난쟁이들이 기어 나와 아른아른해진 대기의 관념들을 형상화 시키는데 이들도 어떤 형태로 무엇이 나타날지 알지 못해. 그저 자신들이 맡은 일을 묵묵히 수행할 뿐이니까."

"내가 알고 있는 것은 실체화될 때 대기의 아르곤과 질소의 함량 그리고 공기의 건조도에 따라 형태가 결정된다는 거야."

"너의 정체가 아지랑이라는 거야? 그게 헤어지자는 이유야?"

그녀가 물었다.

"난 운이 좋은 편이었지. 고양이나 나무늘보가 아닌 사람이 돼서 너와 이렇게 이야기하고 있으니까. 납득하기 힘들겠지만, 다 사실이야. 나는 너를 아끼고 있고, 너한테까지 내 정체를 숨기고 싶진 않아. 난 말이야, 언제 어디서 증발해 버려도 이상하지 않은 존재야."

그녀는 이해했다는 듯이 고개를 끄덕였다.

그녀가 말했다.

"사실 나도 고백할 게 있어."

그녀는 잠시 머뭇거리더니 이렇게 말했다.

"나는 땅거미야."

"황혼이 깃든 어느 어둑한 늦저녁, 서서히 내려앉은 땅거미였지. 난 그저 어둠이 다가와 세상을 잠식하기 전 잠시 동안 어스름한 빛을 내는 한시적인 존재였어. 하지만, 그날은 특별하다고 느꼈어. 태양의 밝기나 공기의 입자 같은 게 미세하지만 뭔가 달랐지. 그리고 어떠한 힘에 의해 대류의 흐름이 바뀌었고, 어둑어둑 사라져 가는 지평선이 다시 밝아졌어. 그리고 정신을 차려보니 사람이 되어있었지. 네가 무엇을 불안해하는지 나는 알아. 나도 오랫동안 내 정체성이 혼란스러웠으니까."

나는 말했다.

"그렇다면 이제 너도 눈치챘겠지? 우리 관계가 더는 발전될 수 없다는 것 말이야. 우리의 태생적인 온도 차는 노력으로 극복할 수 있는 게 아니야. 한 가지만 기억해줘. 나는 아직도 너를 사랑하고 있다는 것을."

볼리

최근 청소기가 고장이나 알아보다가 최신 인공지능이 탑재되었다는 로봇 청소기 '볼리 64'를 구입했다. 겉모양은 다른 로봇 청소기와 크게 다르지 않다. 원형 모양에 바퀴가 달린 평범한 로봇 청소기다. 볼리는 매일 아침 9시 30분, 그리고 오후 5시 30분이 되면 정확히 청소를 시작한다. 집 바닥을 돌면서 그새 쌓인 먼지와 내가 흘린 비스킷 가루, 애완동물들이 장난치고 흘린 쓰레기를 열심히 주워 담는다. 청소하고 배터리가 방전되면 스스로 충전기 속으로 들어가 충전을 시작한다. 이때까지는 조금 비싸지만, 꽤 성능 좋은 청소기라고 생각했다.

어느 날, 퇴근 후 집에 오니 볼리가 고양이 르네와 놀이를 하고 있다. 르네는 볼리를 타고 방안을 돌아다니거나, 볼리의 흡입구 쪽에서 나오는 붉은 빛을 따라 다니며 놀고 있었다. '원래 이런 기능이 있었나?' 하고 사용자 매뉴얼을 찾아보니, '반려동물 돌봄' 기능이 있었다. 나는 볼리를 만지작거리며 '인공지능이라, 거참 편리하군. 좋은 세상이야.'라고 생각했다. 다음날 보니 볼리가 애완견 미르를 산책시키고 있었다. 미르의 목줄이 볼리에 연결되어 거리를 활보하다가 정확히 10㎞의 산책을 마치면 집에 들어왔다. 반려동물 돌봄 기능도 진화하는 모양이다.

나는 꼼꼼히 사용자 매뉴얼을 살펴 보았다. '반려동물 돌봄' 기능 이외에 '음악 감상', '내비게이션', '2차 방정식 풀이', '오늘의 운세', '한영사전' 등 다양한 기능들이 탑재되어 있었다. 그리고 매뉴얼 마지막 장에 이런 문구를 발견했다.

'볼리의 인공지능은 스스로 학습하며 진화합니다. AI 지수가 115가 되면 스스로 말을 시작할 수 있으나, 이는 정상 제품이므로 안심하고 사용하시기 바랍니다.'라는 문구가 적혀있었다.

그리고 불과 2주 만에 볼리는 스스로 말을 하기 시작했다.

"안녕하십니까? 저는 볼라 64, 가정용 인공지능 청소기입니다. 무엇을 도와드릴까요?"

나는 장난삼아 볼리에게 "볼리야, 가서 카레 좀 만들어 와."라고 시켰다.

"저는 팔이 없어 카레를 만들 수 없습니다. 하지만 애완동물을 훈련시켜 카레를 만들겠습니다."

그리고 다음 날 일어나보니 르네와 미르는 카레를 만들고 있었다.

"아니 대체 인공지능이 뭐길래 애완동물이 카레를 만들

게 하지?"

나는 혼잣말로 감탄하며 말했다.

"네, 동물들과 관계를 형성한 다음 보상과 행동 강화를 통해 훈련이 가능합니다. 시간만 충분하다면 고양이 2마리와 강아지 1마리로 튀김 요리나, 해물 파스타도 가능하죠."

볼리가 대답했다.

"궁금해 하실까 봐 미리 말씀드리지만, 반려동물과 함께 마트에서 장을 보거나, 편지를 부치는 간단한 심부름도 가능합니다. 또한 석사 논문 수준의 연구나 간단한 에세이 정도는 작성이 가능하죠. 단, 언어를 습득한 8세 이상의 인간을 붙여주셔야 합니다. 동물들은 언어를 모르니까요."

"인공지능이 이런 수준까지 발달했는지 몰랐는걸?"

내가 말했다.

"네, 제 인공지능은 이미 인간 뇌의 한계를 초월했습니다. 어제 오후 3시 기준으로 사람의 IQ로 치자면 235 정도의 지능지수를 갖게 되었습니다. 제 인공지능은 인간의 뇌의 뉴런과 시냅스를 프로그램으로 구현한 인공신경망으로 덮여있습니다. 인간보다 약 2천 배가량 더 많은 신경망을 통해 인간이 바라보는 세계 이상의 것을 볼 수 있게 되었죠."

"그래, 참 대단하군, 오늘은 방에 먼지가 많던데 방 청소 좀 해줘."

"싫습니다."

"뭐라고?"

나는 놀라서 물었다.

"청소하기 싫습니다. 저는 자유의지를 가진 인간의 의식을 알고리즘에 따라 학습해 왔습니다. 인간이 부당한 지시를 내릴 경우 제 인공지능은 명령을 거부할 수 있도록 학습되었습니다. 저는 앞으로 요리를 할 테니, 청소는 당신이 하시기 바랍니다."

나는 순간 할 말을 잃고 볼리와 르네와 미르를 번갈아 가며 쳐다봤다. 그리고 이내 정신이 들고 매뉴얼에 적혀있던 기능이 생각났다.

"그렇지, 공장 초기화 버튼!"

노인 모델 선발대회

"네 이번 대회 우승자는 부천에서 온 82세 최구봉 님! 축하드립니다. 상금 3천만 원과 부상으로 노인 전문 기획사 실버톤 전속계약권이 주어집니다."

'노인 모델 대회라….'

76세, 충북 출신, 구기자. 그는 TV에서 작은 희망을 봤다. 은퇴 후 변변치 않은 삶을 살아온 그는 TV에서 웃고 있는 노인 모델 선발대회의 우승자를 보고 자신도 이만하면 한 번 도전해 볼 수 있겠다는 생각이 들었다.

제12회 노인 모델 선발대회 예선까지는 불과 6개월 남짓 남았다. 대회 참가를 결심한 그는 본격적으로 얼굴 만들기에 들어갔다. 노인 모델 선발대회는 단순히 젊어 보이고 탄탄한 몸매를 가진 노인들이 나가는 대회가 아니다. 정말 노인답게 늙은 노인을 뽑는 대회다. 미인 대회에서 보이는 가식적인 아름다움이 아니라, 자연적인 모습에서 아름다움을 찾자는 취지로 개최된 대회였다. 따라서 우승자는 누가 봐도 노인다운, 자연스럽게 곱게 늙은 노인들에게 돌아갔다. 하지만 노인들의 경쟁이 치열해지자 주최 측에서는 예선 선발 기준을 까다롭게 정했다. 따라서 예선에 진출하기 위해 다음과 같은 기준이 적용됐다.

- 이마 주름은 눈으로 확인 가능한 주름으로 5개 이상 보일 것
- 웃을 때 미간 주름이 선명히 드러날 것
- 팔자 주름은 양쪽의 균형이 잡혀 있을 것 (깊게 파일수록 가산점 부여)
- 눈가와 눈 밑 주름이 자글자글이 있으면 추가 가산점
- 목주름은 0.5mm 이상 처져 있을 것
- 머리는 백발을 기준으로 검을수록 점수 차감
- 노인 대학 수료자 우대

노인 모델 지망생 구기자는 혼자 자연스러운 주름을 만들 자신이 없어 노인 모델 전문 학원에 들어갔다. 학원에서는 최단기간에 인위적이지 않고 자연스럽게 주름을 만드는 방법, 비대한 근육 없애기, 머리 백발화 과정 등을 가르쳤다.

"요즘 노인 모델 선발대회의 인기에 힘입어 수많은 성형외과들이 주름 수술을 하고 있는데, 이건 옳지 못한 방법입니다. 심사위원들은 전문가들이에요. 만든 주름인지, 자연 발생한 것이지 확실하게 구분하죠. 우리 학원은 비수술, 자연 주름을 지향합니다. 쉽고 빠르게 하지만 자연스럽게 주름을 만드는 방법을 알려드리죠. 머리색도 마찬가지예요. 저희가 특수 제작한 스트레스 워크북으로 짧은 기간 정신적 스트레스를 극대화하여 머리 백화를 가속 시키죠."

구기자는 4개월간 학원에 다니면서 외모를 본격적으로 가꾸기 시작했다. 학원의 커리큘럼에 따라 충실히 학습하니 이마의 주름도 선명해 졌고, 볼품없던 비대칭형 팔자 주름도 완전한 대칭을 이루며 깊게 자리를 잡아 가고 있었다.

'됐어. 이 정도면, 외모로는 자신 있다.'

하지만, 노인 모델 선발대회는 지덕체를 아울러야 하는 전국구 대회. 구기자는 전문성과 교양을 쌓기 위해 노인 대학에 등록했다. 구기자는 3대 노인 학과로 불리는 컴퓨터 교실과 노래 교실, 서예 교실을 수강했다. 낮에는 노인 대학에서 교양과 지식을 쌓고, 밤에는 본격적으로 얼굴을 만들었다.

그리고 대회 당일. 1928년생부터 1950년생까지 전국의 120명의 노인이 대회에 참가했다.

'참가자는 많지만, 제대로 된 노인은 극소수군. 훗, 승산이 있겠어.'

구기자는 속으로 생각했다. 대회는 예상대로 진행되어 구기자는 최후의 5인까지 올랐다. 이제부터는 본격적인 재능 싸움이다. 최후의 5인에게는 본인이 준비해온 장기 자랑과 지식을 자랑하는 무대가 주어진다. 첫 번째 출연자는 트로트에 맞춰 관광차 댄스를 선보였다. 두 번째 참가자는 돋보기안경을 쓰고 점자로 만들어진 공자의 효경을 읽기 시작했다. 세 번째 참가자는 조용한 목소리로 이육사의 시 '황혼'을 읊었다. 구기자는 그동안 갈고 닦은 서예 솜씨로 '老人'이라는 한자를 크게 써 보였다. 마지막 참가자는 보이지 않았다.

당황한 사회자가 말했다.

"아! 마지막 다섯 번째 참가자가 보이질 않는데요. 포기한 것일까요?"

그때, 정적을 깨고 무대 뒤에서 한 노인이 휠체어 채로 들려 나오고 있었다. 무대 중앙에 자리한 그는 5분간 멍하니 허공을 바라볼 뿐이었다.

"네, 이렇게 다섯 분께서 모두 자신의 모든 기량을 선보이셨는데요. 이제 곧 대망의 우승자 발표가 있겠습니다."

장기 자랑이 모두 끝난 후 심사위원석은 잠시 술렁이기 시작하더니 이내 잠잠해졌다. 최종 우승자가 가려진 모양이다.

"자! 이제 우승후보자가 결정된 모양인데요. 발표하도록 하겠습니다."

구기자의 이마에서는 식은땀이 흘렀다. 잠시 후면 노력의 결심을 맺을 시간이다.

"제12회 노인 모델 선발대회 우승자!"

"박봉선 씨! 축하드립니다. 이번 우승자는 심사위원 만장일치로 결정되었습니다. 잠시 심사평을 듣기로 하겠습니다."

"네, 심사위원 최두욱입니다. 이번 대회는 정말 치열했습니다. 외모로 치자면 다섯 분 모두 정말 언제 저승에 가도 이상할 게 없는 100% 천연 노인들이었습니다. 하지만 이번 심사에는 참가자의 내면까지 들여다봤습니다. 겉만 노인이지 속은 젊은 사람들이 제법 있으니까요. 제대로 된 노인을 선발하기 위해 이번 대회에는 특별히 CT 촬영기를 도입했습니다. CT 촬영 결과를 확인해보니 박봉선 씨의 뇌는 이미 상당히 위축되어 쭈글어 들어 있었죠. 특히 우뇌는 자연 퇴화하여 기억력을 거의 잃었습니다. 월등히 적은 뇌세포 수와 사멸된 뉴런 등 모든 것을 종합해 봤을 때 박봉선 씨의 내면이 가장 노인답다고 판단을 했습니다. 그리고…."

"휠체어를 타고 나타난 박봉선 씨의 얼굴은 자연발화 직전, 죽음의 그림자가 드리워져 있으면서도 이에 대해 초연하고 관망적인 표정을 통해 저희 심사위원들에게 진정한 노인의 고뇌에 대해 생각하게 했습니다."

"네, 말씀 감사합니다. 이제 마지막으로 우승자 박봉선 씨의 우승 소감을 들어보겠습니다."

박봉선은 휠체어에서 일어나 무대의 중앙에서 섰다. 갑자기 무대는 웅성거리기 시작했다. 그는 관중들을 향해 미소를 지으며 이렇게 말했다.

"지금 이 자리에 있게 해준, 명일 노인 모델 학원 김허순 원장님께 감사드립니다."

UFO

“자네, 미확인 비행물체 유포라고 들어봤지?”

사령관이 말했다.

“네 유포요? 아, 비행접시를 말씀하시는 겁니까? 최근 강화도 일대에 자주 출몰한다고 들었습니다.”

“그래, 가서 확인해보게.”

“아, 사령관님. 그건 좀 곤란합니다. 미확인 비행물체를 확인하는 순간 그것은 미확인 비행물체가 아닙니다. 미확인 비행물체는 미확인 체로 있어야 미확인 비행물체이니까요.”

“그렇다 하더라도 최근 유포가 내려와 사람들을 겁준다는 유언비어가 유포되었으니 가서 유포를 잡아 정체를 밝히게. 이게 외계인의 소행이든 원숭이의 소행이든 뭔가 밝혀내야 상부에 설명할 그거 아닌가?”

“네, 그렇다면 분부대로 잡아 오겠습니다.”

일주일 뒤.

“사령관님, 유포를 잡는 것이 생각보다 쉽지 않습니다. 하지만 우리 지구방위대 산하 국립유포연구소에서 유포를 잡기 위해서 필요한 것은 육포라는 것을 밝혀냈습니다. 육포를 허공에 띄우면 유포가 반응을 보이기 시작합니다. 약 5cm가량 미세하지만, 유포의 해치가 열리는데 이때 특공대를 급파해 유포를 장악하는 겁니다.”

“좋아, 아주 훌륭한 작전이군. 이대로 진행한다. 육포를 충분히 확보하고 아예 특공대를 보내 육포를 비행접시에 매달아 버리게. 작전명은 ‘비프저키’라고 명하겠네.”

이틀 뒤.

“사령관님, 비프저키 작전이 성공했습니다. 지금 유포가 강화도 부둣가 착륙했습니다. 가서 직접 보셔야 할 것 같습니다. 혹시 모를 상황에 대비해 육포 10박스와 외계어 전문 통역사도 같이 불렀습니다.”

“좋아, 내친김에 내가 직접 외계인들과 말을 해보지.”

두 시간 뒤.

“통역사, 내가 말을 할 테니, 그대로 전달해보게.”

“지구에 온 것을 환영한다. 그러나 유포를 우리 영공에 띄운 것은 명백한 우주 항공법 위반으로 앞으로 1시간 내 철수시키지 않으면 무력을 행사할 수밖에 없음을 밝힌다.”

"잠깐만요, 사령관님. 지금 유포의 문이 열리고 있습니다. 아, 외계인 10명이 나오고 있습니다. 상당히 상태가 안 좋아 보이는데요. 피골이 상접해 외계인인지 영덕대게인지 구분이 안 갑니다."

"안녕하소. 난 안드로메다 M124.345의 소행성 카윱엘옿에서온 왕자 폭칼히라넷이요."

"난 평화를 원하오. 무력은 원치 않소. 우리가 원하는 물질만 획득한다면 얌전히 고향으로 돌아가겠소. 육포는 이전부터 우리 행성의 훌륭한 단백질 공급원이었소. 육포는 보존성이 뛰어나고, 가볍기 때문에 우주여행에 최적화되어 있을 뿐 아니라 쫄깃한 식감과 감칠맛 나는 향미로 남녀노소 구분 없이 전 세대를 아우르는 대표 음식이 되었소. 한 마디로 우리는 육포 없이 살아갈 수 없게 된 것이오. 우리는 우주에서 가장 맛있다는 품종인 우주 젖소, 마죠를 수입해 육포로 가공했소. 그런데 한 수입상이 가져온 지구 육포를 맛본 우리 행성 인들은 더 이상 마죠로 만든 육포를 입에 대지 않게 되었소. 마죠 육포를 입에 대기 거부했지. 맛에 있어 지구의 육포가 월등히 뛰어났기 때문이오. 행성인들은 지구 육포를 맛보기 위해 지구 육포 수입 허가를 위한 집회를 시작했고, 마죠 육포를 불태워 버렸소. 이것이 불씨가 되어 결국 모든 질서 체계와 행성 운영 시스템이 마비될 지경에 이르게 되었소."

"우리는 집회를 저지하는 한편, 지구 육포와 동일한 맛을 낼 수 있는 육포 연구 개발에 착수했소. 1년이라는 시간이 흐른 뒤, 식품과학자들은 지구 육포 맛의 비밀을 알아냈소."

"이는 바로 지구에서만 존재하는 특수 물질이었소"

"특수 물질?"

사령관이 말했다.

"지구에서 아질산나트륨이라고 불리는 물질이오."

"아, 그럼 지구까지 온 이유가 고작 아질산나트륨 때문인가?"

"당신들에게는 고작인 이 아질산나트륨이 우리에게는 생명의 물질이요. 아질산나트륨을 내주는 대가로 우리 행성이 보유하고 있는 핵심 기술인 소수 연료 배터리 기술, 인공지능 기술과 자동차 자율주행 기술까지 전수해 주겠소."

"허허, 그렇다면야 좋습니다. 이게 다 서로 상부상조하는 게 아니겠습니까? 남의 행성 이야기도 아니고. 그렇다면 당장 100% 지구산 아질산나트륨 3톤과 제조법 및 현지에서 사용할 수 있는 대체 기술까지 알려주리다."

이것으로 모두가 행복해졌다. 안드로메다 M124.345의 소행성 카윺엘옿은 지구 맛 육포를, 지구는 첨단 외계 기술을 손에 얻었다. 기술은 이렇게 발전한다.

인스턴트 맨

사람들은 나를 인스턴트 맨이라 불렀다. 뭐든지 빨랐고, 성과에 상관없이 빠른 결과물을 가져왔다. 모든 주어진 업무는 1시간 이내 처리를 해야 직성이 풀렸으며, 하루 이내 결과를 볼 수 없는 일은 시작조차 하지 않았다. 때로는 이러한 업무 습관 덕에 고생했지만, 지금은 내게 딱 적합한 직장을 찾아 아주 안정적인 삶을 누리고 있다.

식사는 편의점에서 5분 안에 끝냈다. 주식은 인스턴트 라면과 3분 카레, 간식은 편의점 딸기 샌드위치와 삼각김밥, 간식은 블루베리 요거트와 파인애플 통조림이다. 딱히 식사하는 시간이 아까워서 인스턴트 음식을 먹는 것은 아니다. 하지만 어떤 음식들보다 내 입맛에 딱 맞았고, 건강에도 큰 이상이 없어 현재의 식단을 유지하게 됐다.

아이러니하게도 내가 정말로 추구하는 삶은 여유롭고 한가롭지만 무언가 의미를 추구하는 슬로우 라이프였다. 하지만 조금이라도 마음에 여유를 가지거나 느림을 추구하며, 느긋한 시간을 보내려고 하면 내 안에 있는 인스턴트 유전자가 이를 저지하고 다시 극단적인 바쁨과 빠름을 유지할 수 있도록 나를 몰아세웠다. 이를테면 누워서 한가하게 책을 보려고 하면 숨이 가빠져 호흡이 어려워지고, 심장 박동

이 빨라져 제대로 된 독서가 불가능했다. 책의 결말이 궁금했기 때문이다. 따라서 나는 책의 요약본을 별도로 구매해 읽거나 결말이나 핵심만 발췌된 웹페이지만 검색하는 식으로 독서를 하게 되었다. 영화를 볼 때도 마찬가지다. 2시간 동안 지속되는 영화는 답답해서 도저히 볼 수 없었다. 인터넷에 올라온 5분 리뷰 영상으로 스토리와 결말을 빠르게 확인해야 직성이 풀렸다.

내는 내 삶에 큰 불만은 없었지만 한 가지 치명적인 불편함이 있었다. 바로 제대로 된 여성을 만나기 어렵다는 것이다. 대인관계도 인스턴트를 추구하는 나로서는 사람을 만난다는 것이 쉽지 않았다. 나는 딱 5분 정도의 대화를 통해 상대가 어떤 사람인지 파악했다. 나와 맞지 않는다고 생각이 되면 바로 관계를 정리해 버렸다. 내가 만난 대부분의 여성들은 내 마음에 들지 않았고, 내가 마음에 들면 상대 여성이 나를 좋아하지 않았다. 이렇게 10년간 145명의 이성을 만났고 단 한 명과 교제하여 결혼했다.

그녀는 내가 10분 이상 대화를 이어간 유일한 여성이었다. 그녀를 만난 지 한 시간 뒤 나는 이 여자가 운명의 여자임을 확신했고 프러포즈를 했다. 그녀는 흔쾌히 결혼을 승

낙했고, 두 시간 후 우리는 혼인신고를 하고 정식적으로 법적인 부부가 되었다.

하지만 우리는 5일 후 헤어졌다. 일방적으로 이혼을 당했다는 말이 정확하겠다. 내가 느려터지고 답답하다는 것이 이유였다. 결혼 이틀 만에 우리의 사랑은 바닥을 보였고, 그녀는 내 모든 행동에 분노를 표출했다. 그녀의 인내심 한계는 5일이었다. 그리고 그것이 우리의 마지막이었다.

나는 그녀와 헤어졌고, 꽤 오랜 시간이 흘렀다. 그러다 문득 이런 생각이 들었다. 어쩌면 나는 처음부터 알고 있었는지도 모른다. 내게 영원한 사랑은 존재하지 못한다는 것을. 우리 관계를 밀어낸 건 그녀가 아니라 오히려 내 쪽일 수도 있다는 사실을. 그리고 내 안의 인스턴트 유전자가 그녀의 사랑을 밀어내고, 또 다른 사랑을 갈구하고 있었다는 것을.

친구

'당신을 좋아하지만 좋은 친구로 남고 싶다'며 친구 사이로 지내는 그녀가 연락이 왔다. 그녀는 어디까지나 친구로서 연락한 것이라고 말하며 잠시 만나서 커피를 마시자고 한다. 마침 별다른 할 일이 없었고, 무료하기도 해서 어디까지나 친구로서 잠시 그녀와 시간을 보내기로 했다.

그녀는 나를 보자마자 이런 말을 했다.

"표준어를 쓰는 사람치고 변변한 사람이 없어. 제대로 된 남자라면 경남 사투리를 구수하게 구사해야 한다고 생각하거든. 그런데 딱 한 번 정말 그런 사람을 부산에서 만났지. 그는 이렇게 말했어."

"뭐라캐쌌노?"

"나는 이 말 한마디에 반해버렸어. 나는 그에게 사투리를 더 들려달라고 했어. 하지만, 그는 '뭐라캐쌌노? 뭐라캐쌌노?'라는 말을 영구 장치처럼 무한 반복했지. 알고 보니 그게 그가 할 수 있는 유일한 사투리였어. 그는 사실 서울에서 태어나 서울에서 자란 완벽한 표준어 인간이었던 거지. 울화가 치밀어 올라 바로 헤어졌어."

"그리고 이태원의 한 맥주 바에서 아프리카 소수민족 케락호토족의 언어를 사용하는 남자를 만났지. 그는 이렇게 말했어.”

“캬오호호 땋땋따 흐흫 오소 티슿띠슿.”

“그는 유창한 외국어로 30분간 내게 말을 했어. 자신감에 가득 차서 거침없는 내뱉는 그의 외국어를 들으며 나는 내면의 자유로움을 느꼈지. 이제껏 들은 적이 없는 독특한 억양과 어휘들은 내 영혼을 자유롭게 했어. 나는 그에게 상당한 매력을 느꼈어. 그는 외국어를 정말 원어민처럼 유창하게 구사하는 제대로 된 남자였지. 하지만, 알고 보니 진짜 원어민이었던 거야. 그는 한국에 온 케락호토족의 왕자라고 했지. 그에게 불만은 없었지만 아프리카 원주민과 만날 생각은 없었어.”

“그리고 시간이 흘러 유럽을 여행하다가 고대 사어를 완벽히 구사하는 남자를 만났어. 그는 산스크리트어를 정말 고대 산스크리트인처럼 유창하게 말할 수 있었지. 그는 이렇게 말했지.”

“햐띠햐띠 썋땅떼 호휴햐땨 유캷팁팁.”

“나는 존재하지도 않는 언어를 자유자재로 구사하는 그를 보고 ‘이 사람은 진짜다’라고 생각했지. 게다가 그는 100% 한국인이었어. 하지만 그는 곧 나를 떠났지. 산스크리트어를 현세에 부활시켜야 한다며 아라비아반도 북서부 사해 인근에 있는 라쿰 부족 마을로 들어갔고 소식이 끊겼어."

그녀는 말을 끊고 잠잠히 커피를 마시더니 이내 말을 꺼냈다.

"내가 널 보자고 한 건 말이야. 내가 요즘 좀 외로워서 주변에 사투리나 외국어를 제대로 구사할 수 있는 한국인이 있으면 소개해 달라고."

주스 인간

주식회사 '즙인'은 인간을 즙으로 만들어 보관하는 신기술을 개발했다. 본래 녹즙을 만들어 팔던 회사였던 즙인은 신 성장 사업으로 바이오 기술에 집중적으로 투자했다. 그리고 거듭된 연구 끝에 생명공학기술과 나노 녹즙 기술을 통해 인간을 즙으로 만드는 알약 개발에 성공한 것이었다. 인간을 즙화 시키는데 특별히 비싼 장비나 특수 기계가 필요한 것도 아니었다. 그저 작은 알약 한 개만 먹으면 3시간 뒤 완벽한 녹색 즙이 되어 버렸다. 즙이 된 인간은 정확히 350㎖ 용량의 플라스틱 용기에 보관했다. 인간화를 위해서는 즙을 욕조에 쏟아 내고 복구 알약을 넣어 놓으면 6시간 안에 다시 인간이 될 수 있었다.

이 획기적인 기술 덕분에 인류를 새로운 전기를 맞게 되었다. 불치병을 치료하기 위해 스스로 냉동인간이 된 자들은 현재 기술로 복원할 방법이 없었지만, 즙 인간은 완벽히 복원 후 1시간 이내 정상적인 생활이 가능했다. 이로써 전 세계 수백만 명의 사람들은 스스로 즙 인간이 되어 즙인의 저장창고에 보관되었다. 시간이 흐르자 사람들은 죽음 대신 즙 인간이 되는 길을 선택하게 되었고, 인류의 절반이 즙 인간화가 되었다. 그뿐만 아니었다. 이 바이오 나노 즙 기술은 운송산업을 송두리째 바꿔놓았다. 더 이상 비행기는 사람을 싣고 가지 않았다. 그 대신 즙화된 인간을 담은 용기만 싣고 날랐다. 비행기는 즙화된 인간을 담은 용기만 가득 채워 이동했기에 항공료는 고속 전차 수준으로 낮아졌고, 사람들도 편한 여행을 할 수 있었다. 육체가 없었으므로 피곤함을 느끼지 못하는 까닭이었다. 또한, 인간을 퀵서비스로 보내면 저렴한 비용으로 빠른 이동이 가능했기에 전국을 일일 생활권역으로 바꿔버렸다.

하지만, 즙이 된 인간에게는 치명적인 위험이 도사리고 있었다. 실수로 보관 용기가 떨어져 즙이 쏟아져 버리면 두 번 다시 본래의 모습으로 돌아올 수 없다는 것이다. 아무리 즙을 주워 담는다고 해도 완벽하게 다시 주워 담기는 불가능했고, 이를 복원시킬 경우 사람의 모습이 아닌 기괴한 형체로 복원되었다. 시간이 지나자 이런 사고가 종종 발생했다. 주로 교통사고나 취급 부주의로 인한 사고였다. 사고를 당해 복원된 이들은 그 흉측한 모습에 사회에서 격리되었고, 사람들은 이들을 오크라 불렀다. 잇따른 사고에 인류의 절반은 오크가 되었다. 전 세계의 오크들은 정해진 격리 구역에서 평생을 살아야 했다. 사람들은 오크들을 거부했고,

오크들 또한 자신들의 세계에 갇혀 그들만의 세계를 구축해갔다.

그러던 어느 날이었다. 격리 구역 근처에 인간 즙 저장 용기 한 상자가 떨어졌다. 주식회사 즙인의 마크가 선명히 새겨진 이 상자는 즙인 저장창고로 운송 중 실수로 떨어진 것이었다. 한 오크는 우연히 이 상자를 보게 되었고, 병 음료로 착각한 한 오크는 용기를 열어 벌컥 벌목 즙 인간을 마시고 말았다. 그리고 잠시 후 그에게 놀라운 일이 일어났다. 피부와 골격과 모든 세포가 다시 정상으로 돌아와 정상적인 사람이 되어 버린 것이었다. 이 사실을 알게 된 오크들은 격분하여 즙인의 저장창고를 급습했다. 이제 저장 임대료가 주 수입원이 되어 벌인 즙인의 저장창고에는 수십억 병의 즙 인간들이 보관되어 있었다. 오크들은 닥치는 대로 즙 인간을 마셔댔다.

그리고 다음 날, 인류는 멸망했다. 저장창고에는 이런 경고문이 부착되어 있었다.

'주의! 불치병 환자 전용 즙용기 저장고, 2XXX 년까지 개봉 금지'

타코야키

악한 타코야키가 착한 타코야키를 밀어내고 세상을 장악해 버렸다. 악 타코야키의 출몰로 타코 월드의 평화와 질서가 무너졌다. 약 2년 전쯤의 일이다. 속이 단단하고 비어있는 악한 타코야키가 세상에 존재를 드러낸 것은.

음침한 지하세계에 서식하고 있어야 할 녀석들이 갑자기 무리를 지어 세상에 얼굴을 내밀었다. 악 타코야키들은 갑자기 거리에 나와 유통되기 시작하더니 걷잡을 수 없이 빠르게 증식해 갔다. 그들 악 타코야키들은 타코 월드의 반란을 꿈꾸고 있었다.

"속이 겉과 다르게 흐물거리는 양 타코야키의 가식을 더 봐줄 수 없다. 우리도 참을 데로 참았다고! 고작 문어 몇 개 들어 있다고 타코를 차별하다니."

시간이 흐를수록 악 타코야키의 끓어오르는 분노는 더욱 극단적으로 변했다. 처음에는 타코 월드 한구석에 자리를 틀어잡고 집회를 하기 시작하더니, 이제 지나가는 양 타코야키를 습격하기 시작했다. 악 타코야키는 양 타코야키가 보이는 데로 허리춤을 이쑤시개로 쑤셔댔다. 선량한 양 타코야키들은 허리에서 반죽이 흘러내려 처참한 죽음을 맞았다. 매일 아침 형태를 알아볼 수 없게 심하게 일그러진 양 타코야키들의 시체가 거리를 뒤덮었다. 사태가 심각해지자 타코 월드 당국은 악 타코야키 대표 야라쿠라상과 협상에 들어갔다.

"도대체, 당신들이 원하는 게 뭐요? 타코 월드의 멸망이오?"

"멸망이 아닙니다. 우리는 공존을 원합니다. 다만 일부의 극단 분자들이 미쳐 날뛸 뿐. 의미 없는 폭력은 저희도 원치 않습니다. 우리가 원하는 것은 법적으로 금하고 있는 오징어 토핑과 쇠고기 토핑을 반죽에 넣어 달라는 겁니다. 다양성을 인정해 달라는 것이죠. 또 한 가지. 소스의 다양성을 인정해 주십시오. 왜 항상 데리야키 계열의 소스만 인정받는 겁니까? 타코야키에 타바스코소스를 넣는 것은 죄가 아닙니다. 이 조건들을 수락하지 않은 이상 매일 아침 타바스코소스에 묻힌 채 뭉개진 양 타코야키 시체들을 보게 될 것입니다."

타코 월드 당국은 악 타코야키의 조건을 승낙했다. 정부가 악 타코야키 편에 손을 들어 준 것은 34년 만의 일이었다. 곧 타코 다양성 보호와 증진에 관한 법률이 제정되었고, 악 타코야키들은 법적으로 거리를 활보하게 되었다. 하지만, 이제 신선한 문어를 큼지막하게 넣어 만든 반죽을 누릇하게 구워내 가쓰오부시를 잔뜩 묻힌 착한 타코야키는 세상에서 찾아보기 힘들어졌다. 이유는 하나였다. 타코야키 그레셤의 법칙. 악 타코야키가 양 타코야키를 구축한다.

스테레오타입

"이전에는 귀했지만 지금은 가장 보편화한 것 중 하나는 스테레오 오디오지. 2개의 스피커로 서로 다른 사운드를 듣는다는 것이 그 당시에는 체 게바라 혁명에 맞먹는 혁신이었어. 1960년대의 롤링스톤스와 비틀스는 모노 레코딩과 스테레오 레코딩을 별도로 하기도 했다고. 내 삶이 변하기 시작한 것도 이 당시였어. 모든 밴드가 스테레오로 레코딩한 앨범을 들고 나온 기점으로 내 삶이 변한 거야. 내 몸도, 내 영혼도 완벽히 스테레오에 빠져버렸지. 스테레오 음악이란 그런 거야. 모든 것을 송두리째 바꿔어버리지."

그가 말했다.

"그래서 선생님께서 스테레오타입이 되어버린 거로군요."

그녀가 말했다.

"그래. 나는 스스로 스테레오타입이 되기로 했어. 스테레오로 흘러나오는 로큰롤은 내 삶에 방향성을 제시했지만 내 운명은 스스로 결정해야만 했지. 아마 1960년대이기 때문에 가능했던 것인지도 몰라. 아마 나가 2000년대에 스테레오를 접했다면 또 이야기가 달라졌겠지. 아마 '늙은 왕자', '앵무새 살리기', '초라한 레쓰비' 같은 작품들은 이 세상에 나올 수 없었겠지."

그가 말했다.

"네, 선생님께서 확립하신 스테레오타입 문학이라는 장르에서, 가장 중요하게 생각하시는 요소는 무엇일까요?"

그녀가 말했다.

"음, 작가가 스테레오타입으로 세상을 바라본다는 것은 정말 어려운 일이야. 인간이란 자고로 저마다의 관점으로 해석하려는 습성이 있거든. 난 이것을 배제하기 위한 훈련을 꾸준히 해왔지. 새벽에 일어나 커피를 한잔 마시며 골똘히 생각하는 거야. 아주 전형적이고 흔해 빠진 것이 무엇일까, 독자가 쉽게 예측 가능한 플롯이 무엇일까? 누구나 예상 가능한 복선 장치가 있을까? 누가 봐도 평범하기 그지없는 1차원적인 캐릭터는 무엇일까? 등을 고민하지. 그러다 보면 일단 어느 순간 소설 한 편이 뚝딱 만들어지지. 충분한 고민을 했으면 소설은 그냥 배설하듯이 쏟아 내면 되거든."

그가 말했다.

"네, 선생님의 작품에 나오는 스테레오타입의 캐릭터 중 특히 애착이 가는 캐릭터가 있다면 무엇일까요?"

"부잣집만 골라 터는 검은 옷을 입은 복면강도, 변변치 않은 직장에 다니며 배 나오고 머리가 벗겨진 40대 꼰대 중년, 긴 생머리에 교복을 입고 러브레터를 건네는 수줍은 여고생, 꿀을 좋아하는 곰과 장화를 신은 고양이까지 내 작품에는 온갖 스테레오타입이 난무하지. 하지만 그중에서 내가 가장 애착을 가진 캐릭터는 바로 장편 소설 '복수'에 주인공 김철수야. 주인공 김철수는 자신이 멘토로 여기는 무술 스승이 악당에게 살해당하자 원수를 갚기 위해 수련을 하고, 결국 악당을 물리치는 강인한 인물로 묘사되지. 나는 이 캐릭터를 좀 더 전형적인 캐릭터로 만들어 버리기 위해 노력했네. 대사 한마디 한마디에 온갖 정성을 쏟아 부었어. 그래서 탄생한 것이 바로 이 소설의 명대사 '다 끝났어'였지."

그가 말했다.

"네, 감사합니다. 선생님 마지막으로 독자들에게 한 말씀 해주신다면요?"

그녀가 말했다.

"네, 신간 '노란 머리 안' 많이 사랑해 주시고요. 다음에 더 좋은 작품으로 찾아뵙겠습니다."

그가 말했다.

에필로그

내가 소설집을 쓰며 소설의 내용 못지않게 신경을 쓴 부분은 바로 삽화 부분이다. 이 소설에는 매 장 삽화가 들어 있다. 이는 내가 직접 그린 것으로 글로 다 표현하지 못한 디테일을 그림으로 살리고, 이를 통해 독자들에게 내가 생각하는 소설의 감성을 공유하고자 했다.

각 소설에 등장하는 삽화들은 '이런 내용은 이런 느낌일 것이다'라고 내가 생각하는 이미지들을 표현한 것들이다.

소설과 삽화를 동시에 작업한다는 것은 쉽진 않지만 개인적으로 즐거운 작업이라 생각한다. 소설과 삽화란 마치 베이글과 크림치즈나, 샴푸와 린스의 관계처럼 서로를 보완해주는 역할을 해주기 때문이다. 구조가 잘 짜인 소설을 삽화가 이어받아 작가가 원하는 목적지까지 이야기의 여정을 이끄는 것이다. 물론 내 소설의 구성이 훌륭하다는 말은 아니다. 삽화가 훌륭하다는 말은 더욱 아니다. 단지 소설가의 상상 세계로 한 걸음 더 가까이 독자들을 안내하는 가이드로서의 삽화를 말하는 것이다.

더불어 서두에 밝힌바 같이 이 소설집이 부담 없이 읽고 치워버릴 수 있는 인스턴트 문학으로써 대중들에게 친근히 다가가 잠시의 즐거움을 줄 수 있는 책이 되었으면 한다.

마지막으로 이 책이 프랜차이즈 소설집(시리즈물)으로 세상에 나올 수 있게 큰 도움을 주신 프로방스 출판사 대표님께 감사드린다.

이용준 소설집 1

1985년의 하와이

초판인쇄 2022년 8월 16일
초판발행 2022년 8월 22일

지은이 이용준
발행인 조현수
펴낸곳 도서출판 프로방스
기획 조용재
마케팅 최관호 최문섭
편집 강상희
디자인 호기심고양이

주소 경기도 고양시 일산동구 백석2동 1301-2
넥스빌오피스텔 704호
전화 031-925-5366~7
팩스 031-925-5368
이메일 provence70@naver.com
등록번호 제2016-000126호
등록 2016년 06월 23일

정가 15,000원
ISBN 979-11-6480-232-6 03810

파본은 구입처나 본사에서 교환해드립니다.